夜明けを待つ未亡人

葉月奏太

Souta Hazuki

イースト・プレス 悦文庫

目次

夜明けを待つ未亡人

第一章　偽りの愛でも

1

「もう、あの人は帰ってこないの……」

水原朝香《みずはらあさか》は伏し目がちにつぶやいた。

仏壇の前でしどけなく横座りして、真珠のような涙で頰《ほお》を濡らしている。黒いワンピースが喪服のようだ。彫刻を思わせる整った顔立ちをしているだけに、うつむいた姿が、なおさら淋《さび》しげに映った。

朝香は三十六歳という若さで未亡人になってしまったのだ。愛する夫を亡くして、まだ二カ月しか経《た》っていない。深い悲しみから立ち直るには、もう少し時間が必要だ。

「朝香さん……」

放《ほう》っておけなくて、山名朋彰《やまなともあき》は思わず肩に手をまわした。

六つも年下の男など、朝香から見たら頼りないかもしれない。それでも、なんとかしてあげたいと心から思う。肩を抱いて引き寄せると、力なく朋彰に寄りかかった。

「いけないわ……」

朝香は消え入りそうな声でささやき、濡れた瞳で朋彰の顔を見あげる。

黒髪から漂っている甘いシャンプーの香りを、無意識のうちに吸いこんだ。朋彰は目眩《めまい》がするほどの興奮を覚えて、朝香に顔を寄せていく。

「と、朋彰く――ンンっ」

なにか言おうとした唇をキスでふさいだ。

朝香の唇は蕩《とろ》けそうなほど柔らかい。唇を重ねているだけで、気持ちがどんどん昂《たかぶ》ってくる。股間が疼《うず》き、ボクサーブリーフのなかでペニスが芯《しん》を通してくるのがわかる。

朝香は身体を硬くするだけで抵抗しない。顔を上向かせたまま、朋彰の目を見つめている。だから、朋彰は舌を彼女の唇の間に滑りこませて、口腔粘膜《こうくうねんまく》を舐《な》めまわす。

「あンンっ……」

　朝香は鼻にかかった声を漏らすと、睫毛《まつげ》をそっと伏せる。あくまでも受け身だが、それでも拒絶することはない。

　朋彰は奥で縮こまっていた舌をからめとり、ねちっこく舐めまわす。とろみのある唾液ごと吸いあげれば、メープルシロップを思わせる味わいが口のなかにひろがる。

（なんて甘いんだ……）

　未亡人の唾液を夢中になって飲みくだす。またしても股間が疼き、ペニスは本格的に屹立《きつりつ》した。

「はンンっ」

　朝香は舌を吸われて、目をうっとり閉じている。微《かす》かな声を漏らすだけで、されるがままだ。

　無防備な姿をさらされると、さらに牡《おす》の欲望がふくれあがる。朋彰はキスをしながら、右手をワンピースに包まれた乳房に重ねていく。

「ンっ……」

　軽く触れただけだが、女体がピクッと反応する。それでも、朝香は目を閉じたままで、いやがったりはしない。

乳房に重ねた右手の指をそっと曲げてみる。ゆったり揉《も》みあげるが、ブラジャーのカップが邪魔でもどかしい。直接、彼女の柔肌に触れたいという欲望がこみあげる。

(こうなったら……)

乳房から手を放すと、朝香の背中にまわす。

左手で彼女の身体を支えながら、首のうしろにあるワンピースのファスナーを摘まんで引きさげる。ジジジッという小さな音が気分を盛りあげて、ついつい強く舌を吸いあげてしまう。

「あふンンっ」

朝香の眉間《みけん》に微かな縦皺《たてじわ》が刻まれる。我に返ったらしく、目を開くとわずかに身をよじった。

「い、いけません……」

唇を離して小声でつぶやく。見つめる瞳はしっとり潤んでおり、頬がほんのり桜色に染まっている。

「もう、とめられません。朝香さんが魅力的すぎるせいですよ」

朋彰は情熱的に語りかけて見つめ返す。

「ああっ、そんな……」

朝香は困惑の声を漏らして、仏壇に視線を向ける。

だが、朋彰は途中でやめるつもりなどない。ファスナーをすべておろすと、ワンピースを脱がしにかかる。ゆっくり引きさげれば白い肩が露《あらわ》になり、さらには黒いブラジャーの縁が見えた。

総レースのブラジャーだ。たっぷりした乳房が、今にもカップからこぼれそうになっている。黒いブラジャーと雪のように白い柔肌が描くコントラストが見事で、思わずため息が溢《あふ》れ出す。

「い、いや……」

そのとき、朝香がはじめて抗《あらが》いの言葉を口にする。

朋彰がはっとして手をとめると、朝香は下唇を小さく嚙《か》んだ。そして、濡れた瞳で仏壇をチラリと見やる。

「ここではいや……ほかの場所で……」

未亡人の懇願を耳にして、朋彰の欲望はさらに燃えあがる。

彼女の手を取って立ちあがり、ワンピースの上からくびれた腰を抱く。朝香は顔をうつむかせるだけで、いっさい抵抗しない。ふたりは無言で仏間をあとにして、寝室に向かった。

2

「停《と》めろ」

「えっ……」

朋彰は慌ててブレーキを踏んでスピードを落とすと、車を路肩に寄せる。そして、助手席に視線を向けた。

「なんで、こんなところで停めるんだよ」

目的地は目と鼻の先だ。車を停めたのは脇道で、すぐそこの駅前通りを渡ったところに、外壁が灰色の地味な建物がある。

「ここでいいんだ」

山名義人《よしと》はそう言って、再びむっつり黙りこんだ。

フロントガラスごしに葬儀場を見つめるだけで、義人は車から降りようとしない。ブラックスーツを着て、黒いネクタイを締めているのに、焼香に行くそぶりもなかった。

誰の葬式なのかは聞いていない。だが、こうしている間も、喪服に身を包んだ人たちがばらばらとやってきて、葬儀場に入っていく。義人はそれを黙って見つめている。

「行かないのかよ」

朋彰が声をかけても返事はない。

いったい、なにを考えているのだろうか。義人の横顔から内心を読み取ろうとするが、まったくわからない。最初は悲しんでいるのかと思ったが、怒りをこらえているようにも見えた。

義人は朋彰の実兄だ。

朋彰は三十歳で義人は三十六歳。六つも違うと、感覚的には兄というより親に近い。共働きで忙しかった両親に代わり、しっかり者の義人に躾《しつ》けられた。そんな生活だったので、子供のころもいっしょに遊んだことはほとんどなく、叱《しか》られた記憶のほうが多い。

しかし、兄は変わってしまった。

目の下には隈《くま》ができて、無精髭《ぶしょうひげ》が生えている。髪もボサボサで、まともな社会生活を送っているとは思えない。

義人はジャケットの内ポケットからタバコを取り出して咥《くわ》えると、ジッポーで火をつけた。苦々しい表情を浮かべて煙を吐き出す。そして、すぐに灰皿に押しつけて火を消した。

なにかに苛立《いらだ》っているのは間違いない。そんな兄の横顔を、朋彰は複雑な気持ちで見つめている。

じつは、兄とは疎遠になっていた。

義人は警察官だった。幼いころから文武両道で、朋彰は目標にすると同時に尊敬もしていた。義人は人一倍正義感が強く、迷うことなく警察学校に進んだ。そんな兄が自慢だった。

義人もやりがいを感じていたと思う。ところが五年前、突然、義人は警察を辞めてしまった。何度か尋ねたが、そのたびにはぐらかされて理由は教えてもらえなかった。

以来、義人は定職に就かず、ぶらぶらしている。一度だけ、ひとり暮らしをしているアパートを訪ねたが、部屋は散らかり放題で、荒《すさ》んだ生活を送っているのがひと目でわかった。

「兄さん、俺に手伝えることがあれば――」

「おまえになにがわかる。生意気を言うなっ」

心配しているのに、義人に怒鳴り返された。

警察でよほどショックなことがあったのだろうと想像していた。助けたかったが、義人は朋彰すら拒絶した。

そんな兄に幻滅して疎遠になった。

とはいっても、完全に関係が切れたわけではない。すでに両親を病気で亡くしているため、兄が唯一の肉親だ。話をすると喧嘩《けんか》になるので、たまにメールで近況報告をしていた。

義人は警察官だったときの経験が役立つのか、ときどき探偵まがいのことをして小銭を稼いでいるようだ。とにかく、まともに働く気がないらしく、なにを考えているのかわからなかった。

尊敬していた兄は、すっかり落ちぶれていた。

朋彰は義人のようになりたくなくて、仕事にのめりこんだ。その結果、勤務している中堅商社で、それなりの立場になっている。二十代で係長に昇進して、上司からも部下からも信頼されていた。

そんな仕事に没頭する毎日を送っていたとき、久しぶりに義人からメールではなく電話があった。

——今度の土曜日、車を出してくれ。

挨拶《あいさつ》もなしに、出し抜けにそう言われた。

義人は運転免許を持っているし、車もあるはずだ。それなのに、どうして朋彰に頼んだのだろうか。わけがわからなかったが、義人からの連絡が少しうれしかったのも事実だ。

とにかく了承して、車を出すことにした。

ところが、なにを聞いても、義人はほとんどしゃべろうとしない。今もむずかしい顔でなにかを考えこんでいる。

(なんだよ。俺は運転手じゃないぞ)

腹のなかでつぶやくが、声には出さない。

知り合いの葬儀なら落ちこんでいるのではないか。そうは見えないが、内心はわからない。今日だけは苛立ちをグッと抑えて、喧嘩になるようなことは言わないと心に決めた。

しばらくすると、葬儀場から霊柩車《れいきゅうしゃ》が出てきた。

火葬場に向かうのか、駅前通りをゆっくり走りはじめる。脇道で路肩駐車をしている朋彰の車の前を通りすぎていく。そのとき、助手席に座っている女性の姿がはっきり見えた。

年のころは三十代なかばといったところだ。黒紋付に身を包み、黒髪を結いあげている。もしかしたら、夫を亡くしたのかもしれない。胸に遺影を抱いて悲しみを湛《たた》えた表情が、はっとするほど美しい。

その女性が、一瞬こちらに顔を向けた。

義人と視線を交わしたように見えたのは気のせいだろうか。思わず助手席を確認すると、義人は凄絶《せいぜつ》な表情を浮かべていた。目の奥には悲しみではなく、青白い炎を思わせる怒気が揺らめいている。

(兄さん……)

いったい、あの葬儀になにがあるのだろうか。

ブラックスーツに身を包んでいるのに、葬儀に参列しなかった。きっと深い事情があるに違いない。気にはなるが、義人の迫力に気圧《けお》されて尋ねることができなかった。

霊柩車が見えなくなると、義人は黒ネクタイを緩めてワイシャツの第一ボタンをはずした。

ぽつりとつぶやき、窓ごしに空を見あげる。

雲ひとつない晴天で、まだ六月だというのに日射《ひざ》しはかなり強い。車内はエアコンが効いているが、日に当たっていると汗が滲《にじ》んだ。

「ちょっと用事があるんだ。駅の裏まで送ってくれないか」

再び義人がつぶやいた。視線は窓の外に向けられたままで、朋彰を見ようとしなかった。

最後に顔を合わせたのは二年以上前だ。いろいろ聞きたいことはあるが、今はそんな雰囲気ではない。こちらを見ようともしないのだから、尋ねたところで義人が答えると思えなかった。

結局、朋彰は無言で車を走らせた。

ここは東京と神奈川の境近くにある街だ。駅前通りを少し進むと、やがてＪＲの駅が見えてくる。このあたりには私鉄も走っており、そちらの沿線のほうが栄えているらしい。

それでも、大きなロータリーにはバスが三台ほど停まっており、多くの人が乗り降りしている。立派な駅ビルがあって、交通量も多い。朋彰にはなじみの薄い街だが、それなりに活気があった。

義人は警察を辞めてから、この近くのアパートに引っ越した。

どうして、この街を選んだのかは聞いていない。アパートが驚くほどおんぼろなので、きっと家賃が格安なのだろうと想像していた。

「もう、駅だけど」

朋彰が声をかけると、助手席の義人は前方を指さした。

「まだ、まっすぐだ」

駅を通りすぎて、言われるまま車を走らせる。

まだそれほど駅から離れていないのに、急に人通りが少なくなった。スナックやバーが目につく。まだ日中なので閉まっているが、夜になれば賑《にぎ》やかになるのかもしれない。

「次の路地を左折してくれ」

義人の声に従ってハンドルを切り、路地に入っていく。すると、あたりは雑居ビルと年季の入ったアパートばかりになった。

「ここでいい」

そう言われて、朋彰はブレーキを踏んだ。

月極パーキングの前で車を停めると、窓の外に視線を向ける。ぱっと目に入ったのは、古びたマンションと開店前のキャバクラだ。こんなところに、なんの用があるというのだろうか。

「まだ、どこも開いてないよ」

「遊びに来たわけじゃない」

義人がさらりと言って、車のドアに手をかける。このまま別れたら、また何年も会わないことになりそうだ。

「兄さん、用事が終わったら、久しぶりに飯でも――」

「おまえは、もう帰れ」

朋彰の言葉は、義人のぶっきらぼうな声に遮られた。

「急に呼び出しておいて、それはないだろ」

「なに言ってるんだ。暇だから俺の呼び出しに応じたんだろうが。でもな、俺はおまえと違って暇じゃないんだ」

義人は好き勝手なことを言って、車から降りた。

どうして、こんな物言いをされなければならないのか。日ごろから抱えていた兄への苛立ちに火がついた。

「ろくに仕事もしてないくせに、偉そうなこと言うなよ」

ついむきになって言い返す。

どうせ安酒でも飲みに行くに違いない。昔の精悍《せいかん》な兄はどこに行ってしまったのだろうか。警察時代になにがあったのかは知らないが、こんなみっともない男には絶対になりたくない。

「言うようになったじゃないか」

義人が腰をかがめて、ドライバーズシートをのぞきこむ。目が合うと、唇の端に薄い笑みを浮かべた。

子供扱いされているようで腹立たしい。六つ離れているとはいえ、朋彰もすでに三十歳だ。会社ではしっかり結果を出して、それなりに責任のある立場になっている。

(もう、昔の俺じゃないんだ)

視線をそらして腹のなかで吐き捨てる。

義人にとって朋彰は、いまだに頼りない弟のままなのではないか。もう、なにを言っても無駄だと思って視線をそらした。

「朋彰、おまえは自慢の弟だよ」

ふいに意外な言葉が聞こえて、助手席のドアが閉まった。

はっとして見やると、遠ざかっていく義人のうしろ姿が見えた。振り返ることなく角を曲がり、雑居ビルの陰に消えてしまった。

3

金曜日の夕方、朋彰は会社のデスクでパソコンに向かっている。

部下の営業日報に目を通しているところだが、今ひとつ仕事に集中できていない。つい頭の片隅で別のことを考えてしまう。

気づくとまたスマートフォンを握っていた。最近、メールチェックをする回数が増えている。いくつか着信はあったが、そのなかに求めていたものはない。思わず奥歯を強く嚙んだ。

(メールくらい、すぐに返せるだろ)

腹のなかで吐き捨てる。

心配する気持ちが苛立ちに変わっていた。どうにも落ち着かなくて、一日中そわそわしている。

原因はわかっている。

義人と連絡が取れなくなった。

もともと疎遠ではあったが、それでもメールを送れば返信は来ていた。落ちぶれたとはいえ、たったひとりの兄を心配する気持ちもある。素っ気なくても返信があれば安心できた。ところが、二カ月も連絡がない。

義人に頼まれて、車を出したときに会ったのが最後だ。あの日以来、メールを出しても電話をしても、いっさい反応がなくなった。スマホの留守電に何度もメッセージを残したが、折り返しかけてくることもない。

義人はかなり荒れた生活を送っていたようだが、元警察官の名残なのか連絡関係はしっかりしていた。たとえ仲が険悪になっていても、朋彰を無視することはなかった。

（やっぱり、おかしい……）

考えれば考えるほど疑問が湧《わ》きあがる。

あの日にかぎって、なぜ義人は朋彰に運転を頼んだのだろうか。金に困って車を売ったのかもしれない。定職に就いていないのだから、生活は苦しかったのではないか。

（それなら、俺にひと言……）

相談してくれれば思うが、即座に自分の考えを否定する。堕落した兄を拒絶したのは朋彰だ。なにを言ってもヘラヘラ笑っている義人を許せなかった。苛立ちを抑えられずに罵倒《ばとう》したこともある。

――毎日ぶらぶらして、なにやってんだよ。

――仕事もしないで、よく恥ずかしくないな。

――俺は絶対、兄さんみたいにはならない。

自分の言葉をはっきり覚えている。

朋彰にそんなことを言われたら、昔の義人なら黙っていなかったはずだ。場合によっては殴り飛ばされていたかもしれない。しかし、実際は「そうだな」とつぶやいただけだった。

「係長、よろしいですか」

ふいに声をかけられてはっとする。

慌てて顔をあげると、部下が目の前に立っていた。いつ来たのか、まったく気づかなかった。

「すまん、考えごとをしていた」

朋彰が声をかけると、彼はばつが悪そうに書類を差し出した。

「これに判をもらいたいのですが」

「どれ……」

書類を受け取って確認すると判を押す。それを返すと、部下は頭をさげて自分の席に戻った。

自他ともに認める仕事人間だが、ここのところ小さなミスが増えている。こんな調子では、いつか重大な失敗を起こしかねない。会社に迷惑をかけるわけにはいかないのだ。

――朋彰、おまえは自慢の弟だよ。

ふと義人の言葉が耳の奥によみがえる。

そんなことを言われたのは、あれがはじめてだった。義人に褒められたことがほとんどないので、印象に残っている。

どうして、急にあんなことを言ったのだろうか。

ときどき探偵のようなことをして、生活費を稼いでいたらしい。だが、その内容までは聞いていない。逃げたペットの捜索とか、せいぜい浮気調査くらいだと勝手に思っていた。だが、こうなってくると、なにか面倒なことに首をつっこんでいたのではないか。

葬儀場を見つめていた義人の表情も普通ではなかった。

義人の身に危険が迫っているのかもしれない。本人もそれを感じて、朋彰に言葉を残したのではないか。考えすぎだろうか。しかし、二カ月も連絡が取れていないのだ。

(兄さん……大丈夫なんだよな)

不安になり、脳裏に浮かべた兄に向かって呼びかける。

想像のなかの義人は、今の無精髭を生やした姿ではない。精悍な顔立ちで、誰からも尊敬される男だった。


翌日の土曜日、朋彰は義人が住んでいるアパートに向かっていた。

考えているうちに、ほとんど寝ないまま朝になってしまった。じっとしていられず、朝食も摂《と》らずに出発した。今は中央自動車道《ちゅうおうじどうしゃどう》を飛ばしているところだ。フロントガラスごしに容赦なく夏の日射しが照りつけていた。

義人が住んでいる街は、朋彰のマンションから車で一時間ほどだ。

八王子《はちおうじ》インターチェンジを降りて国道十六号をしばらく走り、とある街の住宅街に入っていく。奥へ行くほど年季の入った家が増えて、なんとなく暗い雰囲気になる。

車を路肩に寄せて停めると、エンジンを切った。

目の前にあるのは、築六十年の今にも朽ちはてそうなアパートだ。木造モルタル二階建て全六戸で、おそらく白だったであろう外壁は灰色になっており、蜘蛛《くも》の巣状のひびが入っている。外階段は錆《さび》だらけで、崩れ落ちるのではないかと不安になった。

（まるで廃墟《はいきょ》だな……）

車を降りてアパートをまじまじと見あげる。

近く取り壊される予定で、立ち退《の》きを迫られていると、いつか義人がメールでぼやいていたのを思い出す。そのとき、すでに空室が多くなっているという話だった。

外階段に足を乗せると、ミシッというやな音がした。錆の浮いた手すりに触れたくないが、仕方ないのでそっとつかんだ。

二階にあがると、軋《きし》む外廊下を歩いて奥に進む。つき当たりにある二〇三号室に表札は出ていないが、そこが義人の部屋だ。

ドアについている郵便受けには、広告がたくさん挟まっている。それを目にして、やはりという思いが胸にひろがった。

(しばらく帰っていないのか、それとも……)

朋彰は小さく息を吐き出した。

最悪の事態も覚悟したほうがいいかもしれない。なにしろ、義人はいい加減な暮らしを送っていた。日ごろの不摂生がたたり、急病で倒れている可能性も否定できない。

クリーム色をしたプラスチック製の呼び鈴のボタンを押してみる。しかし、故障しているのか鳴っている感じがしない。それならばとドアをノックする。つい手に力が入るが、反応はまったくない。

不安がさらにふくれあがっていく。朋彰はスラックスのポケットから鍵《かぎ》を取り出した。

——なにかあったときのために持っていてくれ。

何年か前、義人から合鍵を預かったときの言葉がよみがえる。

あのときは深く考えなかったが、まさかこんな状況で使うことになるとは思いもしなかった。

合鍵で解錠してドアノブをつかむ。緊張しながらドアを開くと、蒸れた空気がむあっと溢れ出した。

「うっ……」

思わず顔をしかめる。

しかし、部屋から流れ出る空気のなかに、腐った悪臭がまざっていないことでほっとした。万が一、自室で倒れて、そのまま亡くなっていたら、この暑さで相当なにおいになっているはずだ。

とはいえ、心の底から安堵《あんど》したわけではない。玄関に入ると、うしろ手にドアを閉めた。

「兄さん、入るよ」

いないとは思うが、一応、奥に向かって声をかける。

玄関から見える室内は薄暗い。どうやら、カーテンが閉まっているらしい。意を決して靴を脱ぐと、恐るおそる足を踏み入れる。

ずっと閉めきっていたのか、サウナのように蒸し暑い。

入ってすぐ右側にミニキッチン、左側にはトイレがある。風呂はないので、近所の銭湯を使っているらしい。奥に進むと六畳の和室だ。緑色のカーテンごしに夏の日が射しこみ、室内を照らしていた。

(ひどいな……)

朋彰は胸のうちでつぶやき、思わず立ちつくす。

布団は敷きっぱなしで、卓袱台《ちゃぶだい》にはビールの空き缶やカップ麺《めん》の空容器が転がっている。畳の上にも雑誌や脱ぎ捨てた服が散乱しており、荒れた生活を送っていたのが一目瞭然だ。

しかし、義人の姿はない。

安堵と不安が同時にこみあげる。急病で倒れていたわけではなかった。それなら、義人はどこでなにをしているのだろうか。なにか手がかりはないかと部屋のなかを見まわした。

押し入れはなく、家具は卓袱台と引き出しが五段の簞笥《たんす》しかない。それ以外の場所には物が溢れていた。

(それにしても……)

以前、来たときも散らかっていたが、予想をうわまわっている。

これだと義人の居場所は布団の上しかない。ただでさえ暑いのに、汚い部屋を見るとよけいに暑く感じた。ポロシャツが汗で胸板にべったり貼《は》りつくのが不快でならない。

朋彰は床に落ちている物を足で払いのけながら奥に向かうと、カーテンと窓を開け放った。日の光が射しこみ、部屋のなかが明るくなる。外気も流れこんで、よどんだ空気がいくらかましになった。

いったい、いつから留守にしているのだろうか。

もしかしたら、借金を作って夜逃げしたのかもしれない。ここに来るまでの間に考えていたことだが、心のなかで否定もしていた。しかし、この部屋の惨状を目にしたら、あり得ないことではない。

まさかと思いながら箪笥に向かう。引き出しを開けると、なかには服が入っていた。夜逃げで荷物を最小限にするとしても、下着くらいは持っていくのではないか。だが、服も下着も持ち出した形跡はなかった。

(夜逃げじゃない……)

それなら、なにがあったというのだろうか。不安と苛立ちが胸にひろがり、思わず両手を箪笥にたたきつけた。

カタッ――。

そのとき、小さな音が響いた。

箪笥が揺れてうしろの壁にぶつかったらしい。軽く押してみると、それだけでグラリと揺れる。やけに安定が悪い。不思議に思って視線を下に向ければ、畳がずいぶん痛んでいた。

（なんだろう……）

なんとなく気になり、周囲をチェックする。

落ちている服をどかしてみると、ある一部分だけ畳が擦《こす》れて、ささくれ立っていた。

近くに敷いてある布団をめくると、そこまで畳の擦れた跡がつづいている。どうやら、箪笥を横から押してずらしたらしい。それも一度や二度ではなく、くり返し何度も動かしたようだ。

（なんか、おかしいな……）

ますます気になり、首を傾《かし》げる。

足の踏み場もないほど散らかっているのに、義人が家具の配置にこだわっていたとは思えない。それに部屋の模様がえをするにしても、箪笥をすぐ隣に移動させては戻しているのだ。

朋彰は箪笥の横にまわると、義人が動かしたであろう方向に押してみた。畳が擦れるズズッという音がして、箪笥は意外と簡単に移動する。そして、今まで隠れていた壁が露になった。

「なっ……」

朋彰は思わず目を見開いた。

くすんだ色の壁に大きな穴が開いている。低い位置だ。大人でも這《は》いつくばれば通れるサイズで、のぞきこむと隣室が見えた。

(なんだ、これ……)

全身汗だくになるほど暑いのに、背すじがゾクッと寒くなった。

この大きな穴を隠すために、箪笥を頻繁に動かしていたのではないか。だから、畳がこれほどまでに痛んでいたのだ。ということは、この穴は義人が開けたのかもしれない。

向こう側の壁はふさがれていない。ということは、おそらく隣は空室ではないか。耳を澄ましてみるが、隣室から物音はしなかった。

(もしかしたら……)

義人の失踪と関係があるかもしれない。

調べてみる価値はあるのではないか。普通の状況ではない。壁に穴が開いていて隣室とつながっているのだ。

（よし……）

朋彰は気合を入れると這いつくばった。

怖くないと言えば嘘《うそ》になるが、隣室に義人の居場所を示すヒントがあるかもしれない。四つん這いで頭から穴に入っていく。壁は驚くほど薄く、すぐに隣室の畳が目に入る。とりあえず、人の気配はまったくしない。穴を通過すると立ちあがった。

「えっ……」

強烈な熱気のなか、あたりを見まわして眉間に縦皺を刻んだ。

窓には義人の部屋と同じ緑色のカーテンがかかっており、ぴったり閉じられている。それでもカーテンごしに射しこんでいる日の光で、室内は明るく照らされていた。

壁一面に新聞や雑誌の切り抜き、それに写真などが貼ってある。畳の上にも大量の地図や書類が散乱していた。

（これって……）

ひと目見た瞬間、義人の顔が脳裏に浮かんだ。

今でこそ落ちぶれているが、義人はもともと文武両道で神童とまで呼ばれていた。なにかに没頭すると、人並みはずれた集中力を発揮する。義人が大学の受験勉強をしていたとき、部屋の壁には英単語や歴史の年表などがところ狭しと貼られていて、ちょうどこんな感じだった。

（きっと、兄さんだ……）

もう一度、壁を見まわして、今度こそ確信する。

新聞の切り抜きにボールペンで書きこまれた文字は義人の筆跡だ。異常とも思えるほど大量の資料から、義人の執念が感じられる。しかも、それらは自分の部屋ではなく、すべて隣の空室に置いてあるのだ。隠さなければならない理由でもあったのだろうか。

（いったい、なにを……）

恐ろしくなって、無意識のうちにあとずさりする。

背中が壁にぶつかり、カサッという音がした。その壁にも数えきれないほどのメモ用紙が貼ってあった。

全身の毛穴から汗がどっと噴き出した。

見てはいけないものを見てしまった気がする。警察を辞めてからの五年、義人がなにをしていたのか詳しくは知らない。隣室を大量の資料で埋めつくして、密《ひそ》かになにを調べていたのだろうか。

——探偵のまねごとだよ。

義人がそう言って笑っていたのを覚えている。

だが、本当は違うのではないか。なにか危険なことにかかわっていたのかもしれない。恐ろしくて資料を見る勇気がない。とにかく、義人はよからぬ事態に巻きこまれている気がした。

（な、なにをやってたんだ……）

頭が混乱してしまう。

なんとかしなければと思うが、焦るばかりでなにも浮かばない。とにかく、この部屋にはいたくない。朋彰は四つん這いになると壁の穴を通り、義人の部屋に逃げ戻った。

箪笥を押して穴を隠すと、力つきて布団の上に尻餅《しりもち》をついた。

気づくと全身汗だくになっており、少し目眩もする。もしかしたら、脱水症状かもしれない。

（まずいな……）

指先でこめかみを押さえるが、目眩はひどくなる一方だ。

ほとんど寝ておらず、朝食も摂っていなかった。そんな状態で、蒸し暑い部屋にいたのがいけなかったのだろうか。そのうえ義人のことで、少なからずショックを受けていた。

水を飲もうと、なんとか立ちあがってキッチンに向かう。

ところが、蛇口をひねっても水が出なかった。故障だろうか。いや、義人のことだから、水道料金を滞納して水をとめられているのかもしれない。やはり長期間、留守にしていたと考えるのが自然な気がした。

（どこにいるんだよ……）

まったく想像もつかなかった。

目眩のせいで、考えがまとまらない。義人のことは心配だが、どうすればいいのかわからなかった。

とにかく、今は水が飲みたい。車に戻ろうと思って部屋を出る。鍵をかけて外廊下を歩きはじめたとき、いきなり誰かにぶつかった。

「きゃっ……」

女性の声が聞こえた。注意力が散漫になっており、そこに人がいたことに気づかなかった。

「す、すみません」

朋彰はふらつき、手すりにもたれかかって謝罪する。

「そこにつかまると危ないよ」

再び女性の声が聞こえた直後、錆びた手すりがグラリッと揺れた。

(や、やばいっ……)

とっさに体が動かない。すると、手首をつかまれて強く引っぱられた。朋彰は手すりから離れて、今度はアパートの壁にもたれかかった。

「もう、なにやってんのよ。この手すり、グラグラなんだから」

愛らしい顔をした女性が頬をふくらませている。口調は乱暴だが、人は悪くないようだ。このアパートの住人だろうか。

二十歳そこそこに見えるが、実際はわからない。明るい茶色の髪をポニーテールにしており、睫毛がやけに長い。両手の爪にはピンク色を基調としたネイルアートが施されていた。

白いタンクトップが身体に密着しているため、艶《なま》めかしい曲線がはっきり浮き出ている。オレンジ色のミニスカートからは、ストッキングを履いていない健康的な太腿《ふともも》が大胆に露出していた。

「義人さんの知り合いなんでしょ」

「え、ええ、まあ……」

「義人さん、帰ってきたんだ」

「い、いや……」

そう返すだけで精いっぱいだ。目眩がひどくなっている。曖昧《あいまい》な返事しかできず、右手の指先でこめかみを押さえた。

「なんだ。上で物音がしたから、てっきり義人さんが帰ってきたのかと思ったのに。わたし、真下の部屋に住んでるんだよね」

彼女の言葉に、相づちを打つことしかできない。頭のなかがグラグラとまわり出していた。

「顔色悪いよ。具合が悪いんじゃないの」

急に女性が心配そうな口調になり、朋彰の顔をのぞきこむ。そして、はっと息を呑《の》んだ。

「もしかして、義人さんの弟さんとか」

「そ、そうですけど……」

「顔、そっくりじゃん」

女性の声のトーンが高くなる。

昔からよく言われていた。自分ではよくわからないが、他人から見ると似ているらしい。だが、今はそんなことはどうでもよかった。

「み、水……もらえませんか」

なんとか声を絞り出す。すると、彼女は躊躇《ちゅうちょ》することなく朋彰の腰に手をまわした。

「ちょっと、しっかりしてよ」

身体を密着させると、ゆっくり歩きはじめる。

「階段をおりるから踏みはずさないでよ」

支えられながら階段をおりていく。そして、彼女が入居している一階の部屋の前にたどり着いた。

「とにかく、あがって」

初対面の女性の部屋だが、今は躊躇している場合ではない。うながされるまま靴を脱いで部屋にあがる。エアコンが効いていて涼しい。それだけで体が少し楽になった。

「横になったほうがいいよ」

彼女は朋彰の腰を抱き、ベッドまで誘導した。

「あ、汗が……」

「そんなのいいから、ほら、早く早く」

純粋に親切心で言ってくれているとわかる。しかし、知らない男を自分のベッドに寝かせるのに抵抗はないのだろうか。しかも、朋彰は全身汗だくになっているのだ。

しかし、目眩はさらにひどくなっている。申しわけないと思いつつ、朋彰は素直にベッドで横になった。

「水、飲んで」

彼女はいったん離れると、すぐに戻ってきた。コップを手渡されて、水を一気に飲みほした。

「喉、渇いてたんだね」

お代わりをもらって、立てつづけに三杯飲んだ。

「ど、どうも……」

なんとか気分が落ち着いた。目眩も少しよくなっている。体を起こそうとするが、肩を押し返された。

「まだ起きちゃダメだよ。もう少し、横になってたほういいって」

確かにまだ完全に回復したわけではない。汗だくで悪いと思うが、お言葉に甘えて横になった。

「すみません。見ず知らずなのに……」

「見ず知らずじゃないよ。だって、義人さんの弟じゃん」

彼女は軽い口調で言うと、ベッドの前でクッションに座り、簡単に自己紹介をはじめた。

高池美希《たかいけみき》、駅の近くにあるキャバクラで働いているという。

(どうりで派手だと思った……)

部屋のなかに視線をさっと走らせる。

作りは義人の部屋と同じだが、整理整頓されており、全体的にピンク色の物が多い。すぐ横の窓にかかっているカーテンは薄ピンクで、畳の上にもピンクの絨毯《じゅうたん》が敷いてある。窓に取りつけるタイプのエアコンがあり、冷たい風が吹き出していた。

「ねえねえ、わたし、何歳だと思う」

美希がいきなり質問する。

朋彰は一瞬、言葉につまってしまう。飲み屋でよくあるが、この手の会話が苦手だ。こういうとき、実際の年齢より高く言ってしまうとまずいことになる。じつは若いころに何度か失敗したことがあるのだ。

「十九歳……かな」

さすがにそれはないと思うが、第一印象より若い年齢で答える。すると、とたんに美希は楽しげに笑った。

「そんなわけないじゃん。わたし、二十五だよ」

「へ、へえ、そうなんだ……」

平静を装いながら、内心、ほっと胸を撫《な》でおろす。本当は二十歳そこそこだと思っていたが、予想よりも年上だった。

「若く見えるよ」

「そうかな。うちのお店、若い子が多いから、がんばらないといけないんだ」

美希は笑いながらつぶやいた。

明るく振る舞っているが、実際、大変なのかもしれない。華やかに見えるキャバクラ嬢も、陰で若さと美しさを保つ努力をしているのではないか。ベッドの横にある鏡台には、たくさんのスキンケア用品が並んでいた。

「それで、あなたのことも教えてよ」

美希が真剣な顔になって尋ねる。

そう言われて思い出す。助けてもらったのに、朋彰はまだ名前すら告げていなかった。名前と年齢、それに義人の弟であることを告げた。

「六つ違いの弟なんだね。ほんと、顔そっくり」

まじまじと見つめられて、朋彰は慌てて視線をそらす。

ここのところ女性と接する機会がなかった。大学時代からつき合っていた恋人がいたが、朋彰が仕事に没頭するようになり、徐々に距離ができた。そして、三年前に別れを切り出されて関係は終わった。

以来、女性とは無縁の生活を送っている。そんなこともあり、美希に見つめられてドキリとしてしまう。

「に、兄さんとは、どういう関係なんですか」

気をまぎらわせる意味もあって質問する。

義人の行方が知りたい。考えたくはないが、生きているか死んでいるかもわからないのだ。なにがヒントになるかわからない。どんな些細《ささい》なことでもいいので、とにかく情報がほしかった。

「義人さんは、うちの店に何回が来てくれたことがあるんだよね」

美希がニコニコしながら話しはじめる。

はじめて来店したとき、義人はほとんどしゃべらず、不機嫌そうに酒を飲んでいた。それでも、美希が話しかければ、小声で答えたらしい。そして偶然、同じアパートに住んでいることがわかったという。

「それで、仲よくなったんですね」

「そのときに、わたしが酔っぱらいにからまれて、義人さんが助けてくれたんだよ。義人さんって、ちょっと危ない感じがするでしょ。そこが渋くて格好いいんだよね」

美希が瞳を輝かせる。

その表情を見て、義人に気があるとわかった。元警察官の義人にすれば、酔っぱらいをあしらうことくらい簡単なことだ。しかし、美希の目には格好よく映ったのかもしれない。

「それから、いろいろちょっかいかけてるんだけど、全然、相手にしてくれないの……」

ふいに美希の声が小さくなる。

チラリと見やれば、淋しげな表情を浮かべている。先ほどまでの笑みは、すっかり消えていた。

「独身だって言ってたけど、彼女がいるのかな」

「聞いたことはないですけど、いないんじゃないかな」

恋人がいたら、部屋があんなに荒れることはないと思う。しかも、隣室にあれほど資料を集めていたのだから、なにかを熱心に調べていたのは明らかだ。恋人と遊んでいる暇はなかったのではないか。

「兄さんと最後に会ったのは、いつですか」

朋彰はさりげなさを装って尋ねた。

同じアパートに住んでいて、しかも義人に気があるのなら、なにか知っているかもしれない。

「もう、ずいぶん前だよ」

美希は首を傾げて、考えこむような顔になる。

「たぶん六月だったと思う」

しばらく考えてから小声で答えた。

（やっぱり……）

朋彰と連絡が途絶えたのも二カ月ほど前だ。やはり、そのころになにかあったのではないか。

「なにか言ってませんでしたか。旅行する予定があるとか、どこか特定の場所のことをよく話していたとか」

雑談のなかに居場所のヒントがあるかもしれない。酒の席なら、なにか漏らしていたとしてもおかしくない。

「ううん、覚えてないなぁ」

「そうですか……」

あまり期待はしていなかったが、美希の答えに落胆してしまう。義人はいったい、どこにいるのだろうか。

「ねえ、弟のあなたが来たってことは、なにかあったんでしょ」

ふいに美希が探るような目を向ける。

「それは……」

朋彰は一瞬、言いよどんだ。

現時点では義人が自分の意志で消えたのか、それとも、なにかの事件に巻きこまれたのかはわからない。そんなあやふやなことを軽々しく人に話すべきではないと思った。

「ちょっと教えてよ」

美希は身体を起こして両膝《ひざ》を絨毯につくと、仰向《おあむ》けになっている朋彰に覆いかぶさるようにして顔を近づけた。

「わたしにばっかり聞いて、ずるいっ」

「ち、近いですよ……」

甘い吐息が鼻先をかすめる。朋彰は動揺を隠せず、視線をキョロキョロとさまよわせた。

「どうして教えてくれないの」

美希はそう言った直後、はっとした顔をする。

「まさか……死んじゃったの」

「い、いや……」

朋彰はまたしても言いよどんでしまう。

義人がどこでなにをしているのか、見当もつかない状態だ。いっさい連絡が取れず、生死すらわからなかった。

「そ、そんな……」

美希の目が潤んだと思ったら、あっという間に涙が盛りあがる。そして、次の瞬間には溢れ出していた。

「ち、違います。誤解です」

「じゃあ、義人さんは生きてるの」

「わからないんです」

朋彰は正直に答える。すると、またしても美希の目から涙が溢れ出した。

「やっぱり、死んじゃったんだ」

「い、いや、そうじゃなくて……」

困りはてていると、美希が朋彰の胸もとに倒れこむ。顔を押しつけて、本格的に泣き出してしまった。

「えっ、ちょ、ちょっと……」

突然のことに、どう対処すればいいのかわからない。朋彰のポロシャツは汗くさいはずだが、彼女は構うことなく顔を埋《うず》めていた。

「じ、じつは連絡が取れなくなって、俺も兄さんを捜しているんです」

懸命に説明するが、美希は号泣している。

（参ったな……）

朋彰は困惑しながら、彼女の背中をそっと抱いた。

女性の涙には慣れていない。完全に誤解しているため、こちらの言葉がまったく届いていなかった。

4

「じゃあ、生きてるんだね」

美希は泣き濡れた瞳で念を押す。

必死に慰めているうちに、なぜか美希もベッドにあがり、添い寝の体勢になっていた。

「え、ええ、きっと……」

朋彰はとまどいながらも返事をする。

これ以上、美希に泣かれても困ってしまう。生きている保証はないが、朋彰の願望もこめて答えた。

「そうだよね。きっと大丈夫だよね。義人さん、強いもん」

美希はそう言って、身体をすっと寄せる。

タンクトップの胸のふくらみが、朋彰の肘《ひじ》に密着した。柔肉にプニュッとめりこんでいるのが、はっきりわかった。

（こ、これは……）

朋彰は緊張で身を固くした。

慌てて肘を引くのも意識しすぎていると思われそうだ。だからといって、このまま肘と乳房が密着しているのもまずい気がする。

「ねえ、本当にそっくりだよね」

美希が至近距離から見つめている。

愛らしい顔に濡れた瞳が色っぽくて、ドキリとしてしまう。朋彰はなにも言えなくなって黙りこんだ。すると、美希が顔をすっと寄せて、いきなりチュッと口づけした。

（えっ……）

朋彰はとっさに反応できない。目を見開くだけで、ただ固まっていた。

「キス、しちゃった」

美希は頬を赤らめて、ふふっと笑う。さらに唇を重ねると、今度は舌をヌルッと滑りこませた。

「ンンっ……」

微かに鼻を鳴らしながら、朋彰の口内をねちっこく舐めまわす。さらには奥で縮こまっていた舌をからめとった。

（な、なにを……）

甘美な感触に流されそうになる。

なにしろ、キスをするのは久しぶりだ。しかも、美希はやさしく舌を吸いあげては、朋彰の唾液を飲みくだしている。さらには反対に甘露のような唾液を流しこまれて、反射的に嚥下《えんか》した。

これまで経験したことのない蕩けるようなキスだ。脱水症状の目眩は治まっていたのに、今度は頭の芯がジーンと痺《しび》れはじめた。

（ダ、ダメだ。今は兄さんを捜さないと……）

朋彰は心のなかで自分を戒めると、彼女の肩を両手でつかんだ。なんとか押し返して唇を引き離した。

「な、なにをしてるんですか」

そう言っている間に、美希の瞳はまたしても潤んでしまう。

「だって、義人さんが心配なんだもん」

ひどく淋しげな声だった。

どうやら、彼女なりに義人のことを考えているらしい。だからといって、どうして朋彰に迫ってくるのだろうか。

「義人さんの代わりに抱いてよ」

「なにを言ってるんですか。今はこんなことしている場合じゃないでしょう」

つい声が大きくなるが、美希は真剣な顔で見つめている。

「だって、ずっと待ってたんだよ。やっと帰ってきたと思ったら、義人さんじゃなくて、そっくりな弟だったんだもん。責任、とってよ」

瞳から涙が溢れ出している。言っていることはめちゃくちゃだが、義人のことを本気で心配しているのがわかった。

「でも、責任って……」

「いいから、男だったら黙って抱きなさいよ」

美希はそう言うなり、スラックスの上から股間に触れた。

「うっ……」

思わず小さな声が漏れてしまう。甘い刺激が波紋のようにひろがり、反射的に体が小さく跳ねた。

「もう、硬くなってるじゃん」

指摘されて、はじめて勃起していることを自覚する。

久しぶりにキスをしたことで反応したらしい。急激に羞恥《しゅうち》がこみあげるが、触られているとますます硬くなってしまう。

「すごいね。ビクビクしてるよ」

美希が瞳を潤ませながらもクスッと笑う。

そんな顔をされると、なにも言えなくなってしまう。本当は淋しくてたまらないのに、明るく振る舞っているのだ。初対面だが、義人を捜している者同士、わかり合える部分があった。

「キスだけで興奮しちゃったんだ」

「こ、これは……す、すまない」

顔が燃えるように熱くなっている。

偉そうに言っておきながら、勃起しているのだ。穴があったら入りたいとはこのことだ。

「わたしで大きくしてくれたんだね」

美希がうれしそうにしているのが救いだ。

スラックスの上から硬くなったペニスを手のひらでやさしく撫でる。あくまでもやさしい手つきで擦られると、先端から我慢汁が溢れてボクサーブリーフを濡らすのがわかった。

「そ、そんなにされたら――うむっ」

またしても唇を奪われる。美希の柔らかい唇が重なったと思ったら、すぐに舌を入れられた。

「はああンっ」

甘い吐息を吹きこまれて、無意識にうちに深く吸いこんだ。

美希は悲しみをごまかすためか、積極的にキスをして股間を撫でまわす。朋彰も不安を忘れたい気持ちがあり、どんどん快感に流されてしまう。ペニスはこれ以上ないほど勃起して、先端から大量の我慢汁が溢れていた。

興奮を自覚することで、欲望が本格的に高まっていく。女性にここまでされたら、男として引きさがるわけにはいかなかった。

「美希さん……」

朋彰は女体を仰向けに組み伏せると、覆いかぶさってキスをする。舌を入れて柔らかい口腔粘膜をしゃぶり、甘い唾液をすすりあげた。

「あンっ……うれしい」

美希がそうつぶやくから、ますます興奮が加速する。舌をからめとって吸いあげると、タンクトップの上から乳房に手のひらを重ねた。

「やっと、その気になってくれたんだね」

彼女の手はスラックスの股間に伸びている。ペニスのふくらみを撫でまわしては、やさしくつかむことをくり返す。布地の上からしごかれると、腰に小刻みな震えが走り抜けた。

「くううっ」

朋彰は小声で呻《うめ》きながら、タンクトップをまくりあげる。すると、ピンク色のブラジャーが露になった。乳房がカップで中央に寄せられて、柔らかそうに揺れている。肌は白くて艶々《つやつや》しており、染みひとつなかった。

「恥ずかしいけど……脱いじゃうね」

そう言うと、美希は上半身を起こしてタンクトップを頭から抜き取る。

さらに体育座りの姿勢でミニスカートをあっさり脱いだ。股間《またぬの》に貼りついているのは、ブラジャーとおそろいのピンク色のパンティだ。股布が浅いセクシーなデザインで、思わず視線が引き寄せられた。

「そんなに見られたら、恥ずかしいよ」

美希の頬は赤く染まっている。

自ら服を脱いだのに照れているのが愛らしい。奔放かと思えば、純情そうな一面もあり、朋彰はますます惹《ひ》かれていた。

今、美希が身につけているのは下着だけだ。

ブラジャーもはずして乳房が勢いよく溢れ出す。張りつめた双《ふた》つの柔肉は、彼女の動きに合わせてタプタプと波打っている。鮮やかなピンク色の乳首はツンと上向きで、まだ触れてもいないのに硬くなっていた。

「わたしだけなんて、いやだよ。朋彰さんも……」

美希は小声でつぶやき、最後の一枚に指をかける。ネイルアートが施された爪《つめ》が、やけに生々しく感じた。

朋彰も慌てて服を脱ぎながら、視線は女体に向いている。

美希は尻を少し浮かせてパンティをずらすと、自分の太腿を撫でるようにしておろしていく。そして、つま先から抜き取り、ついに美希は生まれたままの姿になった。

恥丘に茂る陰毛は、きれいな逆三角形に整えられている。もともと毛量が少ないのか、白い地肌と縦に走る溝がうっすらと透けていた。

(まさか、こんなことが……)

朋彰は信じられない思いのまま、服をすべて脱ぎ捨てる。

なぜか出会ったばかりの女性と裸で見つめ合い、淫《みだ》らな期待に胸をふくらませていた。義人のことを忘れたわけではない。しかし、今だけは不安でたまらない気持ちから逃れたかった。

「美希さん……」

朋彰が抱きしめれば、美希は睫毛をそっと伏せる。再び唇を重ねると、ふたりはそのままベッドに横たわった。

美希が仰向けになり、朋彰が覆いかぶさる格好だ。舌をからめながら、乳房をゆったり揉みあげる。瑞々《みずみず》しい肌は指を跳ね返すような弾力があるが、軽く押してみると、一転して沈みこんでいく。

(や、柔らかい……)

思わず心のなかでつぶやいた。

溶けそうなほど柔らかい乳肉の感触がたまらない。ほとんど力を入れていないのに、指をどんどん呑みこんでいた。キスを中断すると、両手で夢中になって揉みあげる。

「ンンっ……」

美希の唇から微かな声が漏れた。

睫毛をそっと伏せて、されるがままになっている。愛らしい顔に浮かんでいるせつなげな表情が、牡の欲望を刺激した。

双つの柔肉をじっくり揉みほぐすと、指を先端に向かって滑らせる。だが、乳首にはまだ触れない。まずは乳輪の縁をそっとなぞり、焦《じ》れるような刺激だけを送りこむ。

「ンっ……ンンっ……」

美希が眉《まゆ》を八の字に歪《ゆが》めて、腰をわずかに揺らしはじめる。

乳輪も充血してふくらみ、乳首はますますとがり勃《た》つ。女体は確実に反応しており、息づかいが徐々に荒くなっていた。

（よし、そろそろ……）

頃合と見て、両手の指先で双つの乳首を同時に摘まみあげる。とたんに美希の身体がビクンッと仰《の》け反った。

「はあぁッ」

同時に唇から艶めかしい声がほとばしる。背中が弓なりに反った状態で、凍りついたように固まっていた。

（感じてる……俺の指で……）

いつしか胸の鼓動が速くなっている。

女性に触れるのは数年ぶりだが、しっかり反応してくれたことで悦《よろこ》びが湧きあがる。仕事漬けの毎日で忘れていた感覚だ。朋彰は気をよくして、硬くなった乳首を指先でクニクニと転がした。

「そ、そこばっかり……」

美希の声が震えている。

さらなる愛撫《あいぶ》を施そうと、朋彰は乳房を揉みながら前屈《まえかが》みになり、乳首を口に含んで舌を這いまわらせた。

「あぁっ、ダ、ダメぇっ」

美希の唇から喘《あえ》ぎまじりの声が振りまかれる。

口ではダメと言っているが、本気で拒絶しているわけではない。その証拠に乳首をしゃぶる朋彰の頭を、美希は両手で抱えこんでいた。

それならばと、乳首に唾液をたっぷり塗りつけて吸いあげる。双つの乳首を交互にしゃぶり、休むことなく刺激を送りこんでいく。女体の反応はますます顕著になり、ヒクヒクと小刻みに震え出した。

「ああっ、あああっ」

美希の声が大きくなる。刺激に耐えられなくなったのか、朋彰の頭を胸もとから引き剝《は》がした。

「今度はわたしの番だからね」

そう言うなり、美希は下から抱きつくと体勢を入れかえる。今度は朋彰が仰向けになり、美希が覆いかぶさる格好だ。

「うっ……」

いきなり乳首に吸いつかれて声が漏れる。

舌がヌルヌル這いまわり、くすぐったさをともなう快感がひろがっていく。そして、乳首が反応して硬くなると、前歯でやさしく甘嚙みされた。

「くうッ」

「こういうのも気持ちいいんだよ」

美希は乳首を口に含んだまま、楽しげに笑う。

いくらか元気が戻ってきたらしい。そんな彼女の顔を目にして、朋彰もうれしくなる。

（せめて、今くらいは……）

義人のことを忘れてもいいのではないか。

薄情だとは思わない。朋彰も美希も長いこと心配して、疲弊しているのだ。あとで現実と向き合わなければならないのだから、わずかな時間でも快楽に没頭したかった。

「み、美希さん、そろそろ……」

朋彰は震える声で呼びかける。

すると、美希は唇を離して顔をあげた。視線が重なればこっくり頷《うなず》き、隣で仰向けになる。

（いいのか、本当に……）

迷いがないと言えば嘘になる。だが、欲望はふくれあがっており、今さらやめることなどできない。

朋彰は女体に覆いかぶさると、膝を脚の隙間《すきま》に割りこませる。それを合図にしたかのように、美希が自ら膝を立ててＭ字に開いていく。すると、白い内腿につづいて、二枚の陰唇が露になった。

久々に目にした女性器だ。色は清純そうなミルキーピンクだが、陰唇は少し伸びて、形くずれしている。経験人数はかなり多いのかもしれない。しかし、そんなことは関係なく、朋彰の興奮は上昇をつづけていた。

「朋彰さん、来て……」

美希が膝を大きく開いたまま懇願する。

瞳はしっとりと、女陰はぐっしょり潤んでおり、朋彰をしきりに誘っていた。淫らな光景を前にして、ペニスはかつてないほど屹立している。興奮に流されるまま、亀頭の先端を女陰に押し当てた。

「いきますよ……ふんんッ」

体重を浴びせるようにして、腰を前方に送り出す。亀頭が二枚の女陰を巻きこみながら、蜜壺のなかに沈みこんだ。

「あああッ、お、大きいっ」

美希の顎が跳ねあがり、身体がビクンッと反り返る。それと同時に乳房が波打ち、膣口が急激に締まった。

「くうッ、す、すごいっ」

朋彰は低い声で唸《うな》り、思わず動きをとめた。

まだ亀頭が入っただけだが、膣口の締まりは強烈だ。我慢汁が大量に溢れるのがわかり、慌てて全身の筋肉に力をこめる。いくら数年ぶりのセックスでも、暴発するのは避けたかった。

「ねえ、もっと……」

美希がさらなる挿入をねだり、両手を伸ばして朋彰の尻にまわしこむ。尻たぶをしっかりつかむと、そのままググッと引き寄せた。

「はああンっ」

「ちょ、ちょっと……ううぅッ」

ペニスが根元まで一気に埋まり、女壺で締めあげられる。膣壁がいっせいにからみつき、亀頭と竿《さお》の表面をサワサワと這いまわった。

「うぐぐッ」

とっさに奥歯を強く食いしばる。

瞬間的に全身を硬直させて、押し寄せる快感の大波を耐え忍ぶ。そうでもしなければ、あっという間に射精してしまう。はじめてのセックスならまだしも、挿入しただけで終わるのは恥ずかしい。しかし、こうしている間も、美希は朋彰の尻を強く引き寄せていた。

「ああンっ、すごい……奥まで来てるの」

甘ったるい声が部屋中に響きわたる。美希が感じているのは間違いない。女壺がうねり、根元まで埋まったペニスを絞りあげていた。

「そ、そんなに締めつけられたら……」

朋彰の額には汗が滲んでいる。

エアコンで快適な室温が保たれているが、全身の筋肉を使っているせいか、暑くて仕方がない。挿入しただけなのに膣が絶えず蠢《うごめ》いており、快感が次から次へと押し寄せる。射精しないようにこらえるだけで精いっぱいだ。

「うむむッ」

全身の毛穴という毛穴から大量の汗が噴き出している。呻き声も漏れてしまうが、なんとか射精欲を耐えつづけた。

「動いて……あンンっ、動いてよ」

美希が焦れた声でつぶやき、股間をゆったり回転させる。

深く埋まったままのペニスが四方八方から揉みくちゃにされて、新たな快感が湧きあがった。

（こ、このままでは……）

遅かれ早かれ限界が来てしまう。

それなら、自分のペースで動いたほうが耐えられる。人から与えられる快感は予測がつかない。だが、朋彰が自分の意志で動くのなら、少しは快感の調整ができる。少しは長持ちさせることができるはずだ。

「う、動きますよ」

朋彰は上半身を前に倒すと、両手を彼女の顔の横につく。ちょうど腕立て伏せをするような格好だ。至近距離で見つめ合うと、さっそく腰をスローペースで振りはじめる。

「あっ……あっ……」

美希の唇が半開きになり、甘い声があたりに響いた。

張り出したカリが、膣壁を擦りあげる。愛蜜がかき出されて、膣口と太幹の隙間はぐっしょり濡れていく。ペニスを押しこんでいくときは、媚肉がつまった膣道をかきわけるような感じになる。亀頭が最深部に到達すれば、彼女の白い下腹部がビクビクと波打った。

「ああンッ、い、いいっ」

「す、すごく締まってますよ」

朋彰は射精欲を懸命に抑えながら腰を振りつづける。

あくまでもスローペースのピストンだが、美希は刻一刻と高まっていく。涙がこぼれそうなほど潤んだ瞳で、朋彰の顔を見つめている。しかし、目の焦点が合っていない気がした。

「あンっ……ああンっ」

美希は甘ったるい声を振りまきながら、両手で朋彰の尻たぶをしっかり抱えている。しかし、朋彰のことを見ているようで見ていない。

おそらく、美希は朋彰の顔に義人を重ねている。

義人を想うことで、感度がアップしているのではないか。美希の昂りかたを見ていると、そんな気がしてならない。まだ腰を振りはじめたばかりなのに、愛蜜の分泌量が尋常ではなかった。

「いいっ、ああっ、いいっ」

美希の喘ぎ声は高まる一方だ。膣の反応も強くなり、ペニスがギリギリと締めつけられた。

「ううッ、し、締まるっ」

腰を振りながらも、胸に複雑な感情がひろがっていく。

朋彰のペニスでこれほど感じているのに、美希が心に思い浮かべているのは義人だ。だが、美希は落ちぶれた義人しか知らないはずだ。それなのに、今でも想いつづけている。

（そんなに、兄さんのことが……）

この胸がもやもやする感情は嫉妬《しっと》だ。美希に惚《ほ》れているわけではないが、敗北感がひろがっていた。

（結局、俺は……）

いつまで経っても兄に勝てないのだろうか。

尊敬していた義人が、警察を辞めて堕落した姿にショックを受けた。自分はそうならないと誓い、仕事に没頭して認められた。しかし、それに意味があったのだろうか。

（クソッ……）

苛立ちがこみあげて、自然と腰を振るスピードがあがっていく。誰のペニスなのか認めさせたくて、力強いピストンを繰り出した。

「ああッ、は、激しいっ、あああッ」

「くおおおッ」

腰を思いきり振り、肉棒を高速で抜き差しする。蕩けた女壺のなかをかきまわせば、膣襞がザワザワと蠢きはじめた。

「す、すごいっ、うむむッ」

まるでペニスをしゃぶられているようだ。女壺が太幹を無我夢中で舐めまわしては、奥へ奥へと引きこんでいく。

「おおおッ、す、吸いこまれる」

朋彰が腰を打ちつけるまでもなく、亀頭が深い場所へと到達する。膣道の行きどまりを圧迫することになり、蜜壺全体がさらに収縮した。

「あああああッ、そ、そこ、すごいよっ」

「くううッ、も、もうっ」

絶頂が迫っている。こうなると、昇りつめることしか考えられない。朋彰は欲望にまかせて、全力で腰を振り立てた。

「おおおッ、おおおおッ」

「あああッ、ああッ、い、いいっ、気持ちいいっ」

美希は涙を流しながら喘いで、下から朋彰にしがみつく。股間をクイクイしゃくることで、より深い場所までペニスを迎え入れた。

もう昇りつめることしか考えられない。それは美希も同じに違いない。見つめ合うだけで気持ちが伝わる。ふたりは腰の動きを一致させて、オルガスムスの急坂を駆けあがった。

「おおおおッ、で、出るっ、出る出るっ、ぬおおおおおおッ！」

ついに欲望が限界に達して、太幹が思いきり脈動する。亀頭が大きくふくれあがり、先端から大量の精液がほとばしった。

「はあああッ、い、いいっ、あああッ、イクッ、イクイクううッ！」

美希もほぼ同時に昇りつめる。暴れまわるペニスを締めつけて、裸体をブリッジするように反らしていく。女壺の収縮も激しくなり、アクメのよがり泣きを響かせた。

膣襞がからみつき、カリの裏側にまで入りこむ。射精の最中もねぶられることで、快感がさらなる高みに引きあげられる。大量の精液が猛烈な勢いで尿道を流れて、まるで噴水のように噴き出した。

快感曲線はピークに達すると、その位置をしばらくキープする。その間、精液が溢れつづけて、美希はくびれた腰を小刻みに痙攣《けいれん》させていた。

頭の芯まで痺れるような絶頂だった。

朋彰は愉悦を味わいながら、美希の身体を強く抱きしめる。すると、彼女も両腕をまわしてしがみついた。

美希の身体が微かに揺れている。

泣いているのだと気づいたが、あえて声はかけなかった。義人がどこにいるのか見当もつかない。口先だけの言葉をかけたところで、なんの慰めにもならないとわかっていた。

エアコンの低い稼働音と、ふたりの乱れた息づかいだけが響いていた。

第二章　刹那の快楽

1

朋彰はリビングのソファに腰かけて、また義人のことを考えていた。

自宅のマンションに戻ったのは午後六時すぎだ。シャワーを浴びると、簡単な食事をすませた。買い置きの冷凍チャーハンがあったので、それを電子レンジで温めただけだ。

今朝、義人のことが気になってアパートに向かった。

それなのに、なぜか一階の住人である美希とセックスをした。最初は慰めるためだったが、途中から異常なほど興奮してしまった。

美希と身体の関係を持ったことで、なんとなく気まずくなり、逃げるように部屋をあとにした。一応、帰りぎわに電話番号の交換をして、義人を見かけたら連絡してほしいと頼んだ。

（でも、期待できないだろうな……）

なんとなくそんな気がする。

義人が勝手に使っていた隣室で、異常とも思える執念を感じた。なにかを熱心に調べていたようだ。さっとしか見ていないので、なにを調査していたのかはわからない。

（ちゃんとチェックしておけばよかったな……）

今になってそう思う。

だが、あの場では恐ろしくて、資料を確認する勇気がなかった。とにかく、普通ではない。いい加減な生活を送っていると思っていたが、義人はいったいなにをしていたのだろうか。

（クソッ……）

いくら考えてもわからない。

朋彰はいったん立ちあがってキッチンに向かうと、グラスにロックアイスを放りこみ、ウイスキーのボトルをつかんでソファに戻る。そして、ガラステーブルの上でグラスに琥珀《こはく》色の液体を半分ほど注いだ。

カランッ――。

氷が溶けて静かにぶつかる。

ウイスキーを喉に流しこめば、喉が焼ける感覚とともに、スモーキーな香りが鼻に抜けていく。

最近のお気に入りは、スコッチウイスキーのタリスカーだ。

自分で買ったのではなく、数年前、義人にプレゼントされたものだ。確か、クリスマスが近い時期に会ったときだと記憶している。朋彰はなにも用意していなかったのに、義人はわざわざプレゼントを買っていたのだ。

棚の奥にしまいこんでいたのだが、兄と連絡が取れなくなり、思い出して飲みはじめた。最初は特有のピート香が苦手だったが、今ではそれがクセになってしまった。

（こいつが空になるまでには……）

なんとしても義人の居場所を見つけるつもりだ。

ボトルを持ちあげると、まだ半分ほど残っていた。いや、もう半分しかないと思ったほうがいいかもしれない。こうしている間にも、義人の身は危険にさらされているかもしれないのだ。

ウイスキーを飲みながら考える。

危険なことに巻きこまれているのなら、警察に届けを出したほうがいいかもしれない。しかし、隣室の状況を思い返すと不安がこみあげる。義人はどんなことに首をつっこんだのだろうか。

（あれって、不法侵入になるのか……）

ふと壁の穴のことを思い出す。

アパートの壁を壊して、隣室に入りこんでいたのだ。取り壊し寸前でも、なんかしらの罪に問われるはずだ。おそらく資料を隠すためだと思うが、よほどまずいことを調べていたのではないか。

（やっぱり、警察に届けるのはやめたほうが……）

義人自身が罪に問われる可能性もある。

だが、命にかかわるようなことなら、たとえ逮捕されても警察に相談するべきかもしれない。

（そうだ、あの葬式……）

二カ月前の出来事を思い出す。

車を出してくれと頼まれて、義人を葬儀場まで送った。ところが、なぜか義人は車から降りようとしなかった。霊柩車の助手席に座っていた喪服姿の女性も気にかかる。

（兄さんの知り合いかも……）

あのとき、ほんの一瞬だったが、義人と視線を交わしたように見えた。

もしかしたら、義人の行方を知っているのではないか。そもそも、あれは誰の葬儀だったのだろうか。

（あの葬儀のことを調べれば……）

なにかわかるかもしれない。

そんなことを悶々《もんもん》と考えつづける。いつの間にか、グラスのウイスキーが空になっていた。ボトルを手にして注ごうとしたとき、ふいにスマホの着信音が響きわたった。

ボトルを置いてスマホを確認すると「高池美希」と表示されていた。

義人が帰ってきたのだろうか。瞬間的にそう思うが、すぐに気持ちを落ち着かせる。期待しすぎると、違ったときの落胆が大きくなってしまう。小さく息を吐き出してから、着信ボタンをタップした。

「もしもし……」

「あっ、わたし、わたし」

すぐに美希が答える。やけにテンションが高く、呂律《ろれつ》が怪しい。

「飲んでるんですか」

「うん。だって仕事中だもん。今は休憩中だけどね」

どうやら、キャバクラにいるらしい。控室から電話をかけているようだ。

「今日は暇なんだよね。さっき、やっと常連さんが来たから、おねだりしてボトルを入れてもらったんだ」

「そうですか……」

「あっ、なにその返事。全然、興味ないでしょ」

「そんなことないですよ」

口ではそう言うが、義人が帰ってきたわけではないとわかり、がっかりしている。その気持ちが声に出ていたらしい。美希が頬をふくらませているのが想像できた。

「せっかく、電話したのに冷たいよね」

「すみません。ちょっと考えごとをしていたものですから……」

正直に答えると、美希は機嫌を直したようだ。

「義人さんのことでしょ」

「ええ……」

「わたしも考えてたんだ。それでね、ちょっと思い出したことがあったから電話したの。関係ないかもしれないけど」

「どんな些細なことでもかまいません。教えてください」

思わず前のめりになる。今は少しでも情報がほしかった。

「義人さん、何回かお店に来てくれたんだけど、めずらしくほかのお客さんに話しかけたことがあったんだよね。その人も常連さんなんだけどさ……」

そこで美希が声を潜める。

「ちょっとヤバそうな人で、ヤミ金の社長らしいの」

一気にきなくさくなってきた。

ヤミ金とは、正規の登録を行っていない貸金業者のことだ。違法な高金利で金を貸して、厳しい取り立てをする。暴力団のフロント企業である場合も多い。そんな危険な男に義人はかかわっていたようだ。

「なにを話していたんですか」

「そこまではわからないよ。わたしがついていたテーブルじゃないもん。その席にいた女の子に聞いてみようか」

「その男の耳に入ったら危ないので、やめてください」

いつも指名しているキャバ嬢だとしたら、男に情報が流れてしまうかもしれない。目立った動きをするのは危険な気がした。

「男の名前はわかりますか」

「うん。名刺をもらったんだ。写真に撮ってメールするね」

「助かります」

「じゃあね」

美希はそう言って電話を切ろうとする。

「あの、美希さん――」

どうしても気になって呼びとめた。

「物騒な感じがするので、これ以上はかかわらないでください。兄さんは俺が必ず見つけますから」

「ありがとう。朋彰さんって、やさしいね」

美希の愛らしい笑顔が見えた気がした。

電話を切ると、ほどなくして美希からメールが届いた。名刺の写真が添付されていた。

──誠心《せいしん》ファイナンス　磯貝肇《いそがいはじめ》　二十四時間いつでも受付しています。

さらに住所と電話番号が記されている。

（磯貝……）

心のなかで男の名前をつぶやいた。

ヤミ金を運営しているのだから、まともな男ではない。義人の失踪と関係がある気がしてならなかった。

2

翌日の日曜日、朋彰は車で誠心ファイナンスが入っているビルに向かった。

名刺の住所を見たときに、義人が住んでいる街だとわかった。そして、実際に到着すると、やはりと思った。

葬儀の日に、義人を送り届けた場所だ。雑居ビルや古いアパート、開店前の飲み屋などが目につく。まだ昼前だというのに、人通りが少ない。どこか暗い雰囲気のある地域だ。

車を路肩に停めて降り立った。

鼠《ねずみ》色の雲が垂れこめる空をバックに、六階建ての雑居ビルが建っている。この二階に誠心ファイナンスが入っているはずだ。

（このビル、確か……）

見覚えがある。

義人が資料置き場にしていた隣室の壁に、このビルの写真が貼ってあった。似たような雑居ビルが多いが、ここは空室が多いのか、窓に広告の類《たぐい》がいっさいない。ビルの古びた感じと相まって、おどろおどろしい雰囲気が漂っているので印象に残っていた。

義人はなにを調べていたのだろうか。

とにかく、エントランスに足を踏み入れる。集合ポストにはダイレクトメールや広告が乱雑につっこまれて、はみ出していた。やはり、ほとんどが空室になっているようだ。

奥に進むと小さなエレベーターとその横に階段がある。

エレベーターを動かすと、人が来たことがバレてしまうかもしれない。とりあえず、密かに様子をうかがいたいので、階段を静かにあがっていく。二階につくと、足音を忍ばせて廊下を進んだ。

曇りガラスのはまったスチール製のドアが四つ並んでいる。手前の三つは表札が出ていない。そして、奥のドアの曇りガラスに「誠心ファイナンス」と書かれたプラスチックの札が貼ってあった。

（ここか……）

少し離れた場所から観察する。

曇りガラスなので室内をのぞくことはできない。それでも、人の気配は伝わってきた。

「とっくに返済日はすぎてんだよ」

突然、なかから怒号が聞こえた。つづけて、なにかをたたくバーンッという大きな音が響いた。

電話ごしなのか、直接なのかはわからないが、金を借りた人が返済を迫られているのは間違いない。ヤミ金と聞いてイメージする状況が、今まさに展開されていた。

（これはやばい……）

朋彰は思わず震えあがった。

ここに磯貝がいれば、義人の手がかりがあるかもしれない。だが、朋彰にこのドアを開ける勇気はなかった。

（それに、もし……）

ふと別の可能性が脳裏に浮かんだ。

義人がここで金を借りていたとしたら面倒なことになる。返済できなくなって失踪しているのかもしれない。踏み倒して消えたのなら、弟の朋彰が肩代わりする羽目になるのではないか。なにしろ相手はヤミ金だ。どんなことを要求されるかわからない。

（やっぱり、やめたほうが……）

帰ろうと思うが、義人が借金をしているとは限らない。磯貝から情報が得られるかもしれないのだ。

覚悟が決まらず躊躇していると、背後でエレベーターのドアが開く音が聞こえた。そして、乱暴な足音が近づいてくる。はっとして振り返ると、そこには捜しつづけていた兄の姿があった。

薄汚れたジーパンに、グレーのTシャツという格好だ。元警察官の名残で胸板は分厚く、袖《そで》からのぞく二の腕は筋肉質だ。

「に、兄さんっ」

思わず声をあげる。

ところが、義人は凄《すさ》まじい形相で前方を見据えて、こちらにいっさい視線を向けない。言いたいことはたくさんあるが、今は話しかけられる雰囲気ではなかった。尋常ではない殺気が義人の全身から漂っていた。

「おまえはそこにいろ」

義人はそう言うなり、誠心ファイナンスのドアを勢いよく開け放った。

想像していたより狭い部屋だ。中央でスチール机が四つ寄せてあり、ひとつの島になっている。派手な柄シャツを着た四人のチンピラが、それぞれ受話器を手にして取り立てをしている最中だ。

奥の窓の前にもスチール机があり、がっしりした男がふんぞり返っている。左の眉に裂傷があり、見るからに凶悪そうな顔つきだ。

「磯貝っ」

義人はチンピラどもには目もくれず、奥の男に向かって怒鳴りつける。

どうやら、ふんぞり返っているのが磯貝らしい。ひとりだけグレーのスーツを着ており、チンピラとは迫力が違っていた。

「美希はどこだっ」

またしても義人の怒声が響きわたる。

その直後、呆気《あっけ》に取られていたチンピラ四人が立ちあがった。喧嘩なれしているのか、いきなり殴りかかる。

「誰に向かって口きいてんだっ」

「この野郎っ」

「ぶっ殺すぞっ」

「おりゃあぁッ」

それぞれ叫びながら拳《こぶし》を振りまわす。四人がかりとは卑怯《ひきょう》きわまりないが、こいつらにはプライドがないようだ。

しかし、義人はまったく怯《ひる》まない。腰をすっと落として構えると、正面から迫ってきたふたりを右の正拳突きと左前蹴《げ》りで吹っ飛ばす。さらに右から来た男を横蹴りで、左から来た男を左の肘打ちで昏倒《こんとう》させた。

勝負は一瞬で決した。

電光石火とはこのことだ。凄まじい強さだが、朋彰に驚きはない。義人は幼いころから空手を習っていて、多くの大会で優勝経験がある。素人が相手なら勝って当然だ。

「もう一度だけ聞くぞ」

義人は倒れて唸っているチンピラたちの間を通り、奥へ歩いていく。

「美希をどこにやった」

「なんのことだ」

磯貝も肝が据わっている。四人の男が一瞬で倒されたのを見たのに動じていない。厳つい顔には笑みさえ浮かんでいた。

「おいっ」

義人が目の前まで迫り、磯貝の胸ぐらをつかむ。そして、容赦なく顔面を殴りつけた。

「うぐッ……」

一発で鼻血が噴き出し、磯貝は椅子から転げ落ちる。反撃する間もなく、義人の蹴りが襲いかかった。

よほど頭に来ているのか、頭部や腹部を休むことなく蹴りつづける。磯貝は両腕でガードして体をまるめるだけで精いっぱいだ。逆らっても無駄だとわかっているのかもしれない。

「兄さん、なにやってんだよっ」

朋彰は慌てて駆け寄ると、義人を背後から羽交い締めにした。

子供のころ、義人のまねをして空手を習ったことがある。根性がなくてすぐに挫折したが、義人の強さは肌で知っていた。これ以上、義人が手を出せば、相手は死んでしまうかもしれない。

「今朝、美希から電話があったんだ」

義人は攻撃の手を休めると、肩で息をしながら語り出した。

「俺は酒を飲んで寝ていたから気づかなかったんだが、留守電に助けてとひと言、入っていたんだ」

折り返し電話をかけたが、美希は出ないという。

「それでキャバクラの店長に聞いたら、美希はこいつについて調べていたみたいなんだ」

どうやら、同僚のキャバ嬢や顔見知りの客にいろいろ聞いていたらしい。昨夜、朋彰に電話をしたあとのことだろう。

(あれほど言ったのに……)

朋彰の忠告を無視したのは、きっと義人を想ってのことだ。美希の気持ちが痛いほどわかるので、怒りは湧かなかった。

「美希のやつ、磯貝に直接聞くと言っていたらしい」

義人は苦々しい顔で吐き捨てた。

店長はとめたようだが、美希は行くと言って聞かなかったという。かわいい顔をしているが、意外と我は強いようだ。危険を顧みないところを見ると、義人を想う気持ちは本物らしい。

「とにかく、こいつが美希をさらったのは間違いないんだ」

義人はもう一発、磯貝の腹に蹴りを入れた。

「うぐッ……こ、こんなことして、ただですむと思うなよ」

磯貝が苦しげにつぶやく。だが、義人はまったく相手にしていなかった。

「あのドアが怪しいな」

右手の壁にドアがある。義人はそこに向かって歩いていくと、慎重にドアを開いた。

「お、おいっ、大丈夫か」

義人が慌てて部屋に飛びこむ。朋彰もあとを追いかけた。

床に美希が倒れている。タオルで猿ぐつわを噛まされたうえ、両腕を背後で拘束されていた。白いタンクトップに黄色のショートパンツという露出の多い格好だが、着衣に乱れはなかった。

ただ、怯《おび》えきった瞳から涙が溢れている。ずっと泣きつづけていたのか、メイクがボロボロになっていた。

「ちょっと待ってろ」

義人は声をかけながら、猿ぐつわを取ってやる。

「うわあっ、義人さん、怖かったよぉっ」

とたんに美希が大きな声をあげる。大粒の涙をこぼして、幼子のように泣きはじめた。

「わかったわかった。手を自由にしてやる」

義人は美希の身体をうつ伏せにすると、ポケットからナイフを取り出した。

腰の上で手首を重ねて、結束バンドで拘束されている。ナイフで切ると、美希は義人に抱きついた。まるで飼い主に甘える子犬のようだ。顔を義人の胸に擦りつけて、泣きつづけている。

「義人さんっ、義人さんっ」

「おい、怪我《けが》はないのか」

義人は背中をさすって宥《なだ》めながら、思いのほかやさしく声をかける。これだけ懐かれれば、当然かわいく感じるだろう。

「なにがあったんだ」

「義人さんのことを聞こうと思って、ここに来たら……捕まりそうになったから逃げたの」

美希がしゃくりあげながら説明する。

エレベーターに飛び乗って、義人のスマホの留守電に助けを求める言葉を残した。そして一階についたところで、先まわりして待ち受けていた男たちに捕まってしまったという。

「店長に聞いたぞ。おまえ、磯貝のことをいろいろ嗅《か》ぎまわってたんだろ。たぶん、同僚のキャバ嬢が、磯貝にチクったんだな。そいつは磯貝の女だから気をつけろよ」

「そんな……わたしは、ただ義人さんのことが心配で……」

「無茶しやがって」

義人はそう言って、美希の頭をクシャクシャと撫でる。すると、美希はまたしても涙を流して縋《すが》りついた。

「あのさ、俺もいろいろ聞きたいことがあるんだけど」

朋彰は横から口を挟んだ。

お邪魔かと思ったが、聞かないわけにはいかない。なにしろ、二カ月も音信不通だった義人が、突然、現れたのだ。なにが起きているのか、さっぱりわからなかった。

「兄さん、どこでなにをやってたんだよ」

こみあげる怒りを懸命に抑えて質問する。すると、義人は美希の背中を撫でながら、ゆっくり顔をあげた。

「そのことなんだけどな――」

なにかを言いかけて、はっと目を見開く。その視線は朋彰ではなく、朋彰の背後に向けられていた。

「朋彰っ」

いきなり叫んだかと思うと、義人が素早く立ちあがる。その直後、朋彰はつき飛ばされて尻餅をついた。

視界の隅にチンピラが映った。義人に倒された男で、鼻血を流しながらドスを腰だめにして突進する。義人はよけることができず、真正面からチンピラとぶつかった。

「うぐッ……」

義人の口から低い声が漏れる。両目をカッと見開いて固まった。

「に、兄さんっ」

朋彰はとっさに立ちあがり、チンピラの横っ面に拳をたたきこんだ。昔、かじった空手が出たのか、男は一発で意識を失って崩れ落ちた。それと同時に、血のついたドスが床に転がった。

義人は腰を落として立ちつくしている。左の脇腹を切られており、グレーのTシャツに赤黒い染みがどんどんひろがっていく。義人は左手で傷口を押さえているが、指の隙間から血が溢れて床にポタポタと垂れ落ちた。

（さ、刺された……）

急に現実感がなくなった。

目に映った光景が信じられず、頭のなかがまっ白になってしまう。朋彰は声も出せずに固まった。

「い、いやあっ」

美希の悲鳴ではっと我に返る。朋彰は慌てて義人の肩を支えた。

「兄さんっ」

「お、俺としたことが……し、しくじった」

苦しげにつぶやき、ひきつった笑みを浮かべる。

「ど、どうしたら……」

朋彰はうろたえて、とにかく救急車を呼ぼうと片手をポケットのスマホに伸ばす。すると、その手を義人につかまれた。

「ダ、ダメだ……」

「兄さん、どうして」

「救急車を呼べば、警察にも連絡がいく。それはまずい……」

「なに言ってるんだよ。刺されたんだぞっ」

焦るあまり、朋彰の声も大きくなる。警察ざたになるのを懸念しているが、そんなことを言っている場合ではない。

「義人さんが死んじゃう……スマホ貸してっ」

美希が泣きながら叫んだ。自分のスマホは連中に取りあげられてしまったらしく、慌てふためいている。

「美希……俺なら大丈夫だ」

義人はそう言って力なく笑う。無理をしているのがわかるから、痛々しくて見ていられない。

（俺を庇《かば》ったせいで、兄さんは……）

こうしている間も、義人の出血はさらにひどくなっている。早く治療しなければ危険だ。

「このままじゃ、まずいって」

「急所には入ってないから大丈夫だ。こいつがど素人で助かったぜ」

義人は倒れているチンピラを見おろしてつぶやいた。

「一発でぶっ飛ばすとは、おまえもやるじゃないか。さすがは俺の弟だ」

ふいに褒められて、いやな予感がこみあげる。

——朋彰、おまえは自慢の弟だよ。

あの言葉を残して義人は消えたのだ。

褒められのはうれしいが、悪いことの前兆のような気がしてしまう。不安が胸にひろがり、義人の顔をのぞきこんだ。

「早く手当をしないと」

「もぐりの医者なら知ってるが、ここからはちょっと遠いな……」

考えこむような顔をすると、義人はひとりで頷いた。

「仕方ない。あそこに行くか。おまえ、車だろ。悪いが、出してくれないか」

「当たり前だろ」

義人が助かるなら、どこへでも行くつもりだ。

「美希さん、手伝ってもらえますか」

「う、うんっ」

おそらく、美希も思いは同じだ。両側から義人を支えると、車に向かって歩き出した。

3

朋彰がハンドルを握り、後部座席に義人と美希が乗っている。

義人が指定した場所まで十分もかからなかった。住宅街にある、ごく普通の一軒家だ。建売住宅なのか、似たような感じの家が並んでいた。

「そこの家だ……」

義人に言われるまま、朋彰は車を停める。そして、急いで降りると後部座席のドアを開けた。

「俺につかまって」

「大丈夫だ。ひとりでも歩ける」

義人は強がるが、それでも朋彰の肩を借りて歩きはじめる。

美希も車から降りて、義人の反対側から支えた。先ほどは泣きじゃくっていたが、車に乗ってからはこらえている。義人を助けたい一心で、必死にがんばっていた。

ここが誰の家かは聞いていない。とにかく、義人に指示されるまま、インターホンのボタンを押した。

「はい……」

スピーカーから女性の声が聞こえた。

「俺だ。入れてくれ」

義人が短く答えると、すぐに解錠する音がしてドアが開いた。

「ちょっと怪我してるじゃない」

現れた女性は、義人を見るなり驚きの声をあげる。しかし、取り乱すことなくドアを大きく開いた。

「とにかく入って」

誰なのかわからないが、今は義人を助けることが先決だ。

朋彰と美希が両側から義人を支えてリビングに運びこむと、ソファにそっと横たえた。

「朝香、頼む」

義人が顔を歪めてつぶやく。どうやら、女性は朝香という名前らしい。

あらためて女性の顔を見た瞬間、はっとする。霊柩車の助手席に座っていた女性だ。

二カ月前のことだが、彫刻のように整った美貌《びぼう》を忘れるはずがない。あのときは黒紋付だったが、今は黒いスカートとブラウスに身を包んでいる。結いあげていた黒髪は、肩にはらりと垂れかかっていた。

「どうして、こんなことに……」

朝香と呼ばれた女性は、慌てて救急箱を準備した。

ソファの前にしゃがみこむと、義人のTシャツをまくりあげて、傷の状態を確認する。

「思ったよりも浅いみたい」

「当たり前だろ。急所だけはずしたよ」

義人がふっと笑う。

刺される瞬間に、急所を守ったというのか。あの状況でそんなことができるとは驚きだ。

「ちょっと痛いけど、我慢してね」

「くううッ」

オキシドールで傷口を消毒すると、義人が苦しげな呻き声を漏らす。刺されたときよりも大きな声だ。

「痛いな。もっとやさしくしてくれよ」

「仕方ないでしょう。刺されたのよ」

朝香は手ぎわよく傷口に軟膏《なんこう》を塗ると、ガーゼを当ててテープでとめた。

「応急処置だから、ちゃんと病院に行ってね」

「おう、サンキューな」

義人は顔をしかめながら体を起こして、ソファに座り直した。

「なにがあったの」

「たいしたことじゃない」

朝香が尋ねるが、義人はまともに答えない。すると、朝香は小さく息を吐き出すだけで、それ以上、詮索しようとしなかった。

その様子を、朋彰は立ちつくしたまま見つめている。いったい、ふたりはどういう関係なのだろうか。ふと隣を見やると、美希が複雑そうな表情を浮かべている。義人のことを想いつづけていたのだから当然だ。

「兄さん、説明してくれよ」

朋彰は苛立ちをこらえきれなかった。

二カ月も連絡を絶ち、どこでなにをやっていたのか。きちんと説明してもらいたかった。

「そうだよな。どこから話せばいいのか……」

義人はそこで言葉を切ると、少し考えこむような顔をする。そして、静かに語りはじめた。

「まず、彼女は――」

義人が朝香のことを紹介する。

水原朝香、二カ月前に夫を亡くしたという。夫の洋一郎《よういちろう》は刑事で、義人の同期だった。はじめて会ったときから気が合い、よく酒を酌み交わしたらしい。そして、いつしか親友と呼べる関係になった。朝香も昔からの知り合いで、三人は同い年ということもあり仲よくなったという。

義人は朝香に対しても、朋彰と美希のことを紹介する。朝香は微笑を浮かべて静かに頭をさげた。

「よろしくお願いします」

「ど、どうも……兄がお世話になっております」

朋彰も慌てて挨拶する。美希は隣でつまらなそうな顔をしながら、頭をぺこりとさげた。

「二カ月前ってことは、あの葬式が……」

朋彰がつぶやくと、義人はこっくり頷いた。

「洋一郎の葬式だよ」

「それなら、どうして……」

葬儀に参列しなかったのだろうか。疑問が湧きあがるが、朋彰は言葉を呑みこんだ。

目の前には朝香がいる。義人の話を聞いて、夫のことを思い出したのかもしれない。今にも涙がこぼれそうなほど瞳が潤んでいる。これ以上、夫の話をするのは気が引けた。

「仏壇があるんだけど……」

朝香が遠慮がちにつぶやいた。

「そうか……」

義人が神妙な顔で立ちあがる。傷口が痛むらしく、血の滲んだTシャツの上から左の脇腹を押さえた。

「こっちよ」

朝香がリビングを出て、義人があとにつづく。朋彰と美希も慌ててふたりを追いかけた。

和室の奥に仏壇が置いてあり、線香の匂いが漂っている。

朝香が蠟燭《ろうそく》に火をつけて脇によけた。義人は仏壇の前で正座をすると、線香を立てて手を合わせる。

朋彰と美希はうしろで正座をして、義人の背中を見つめていた。

義人は長い時間、手を合わせてから顔をあげる。しかし、すぐには動かず仏壇をじっと見つめていた。亡くなった親友に、心のなかで語りかけているのかもしれない。

(兄さん……)

表情は確認できないが、殺気にも似た強い決意が感じられる。もしかしたら、義人の一連の行動は、洋一郎に関係があるのかもしれない。なんの根拠もないが、ふとそんな気がした。

義人が仏壇の前からさがる。そして、朋彰と美希を交互に見やった。

「おまえたちも手を合わせてやってくれ。朝香、いいよな」

そう言って朝香にも確認を取る。

「お願いします。夫は友達が少なかったんです。山名くんの弟さんとお知り合いの方でしたら、きっと喜ぶと思います」

柔らかい笑みを浮かべているが、朝香の瞳には悲しみが滲んでいた。まだ夫を亡くして二カ月しか経っていないのだ。そう簡単に立ち直れるはずがなかった。

「では……」

まず朋彰が仏壇の前に進む。線香を立てると、手を静かに合わせた。兄の親友とはいえ、まったく見ず知らずの人なので、気持ちの作りかたがむずかしい。とにかく、心のなかで安らかにお眠りくださいと念じつづけた。

朋彰がさがり、美希が仏壇の前で正座をする。

きっと朋彰よりも、さらに困っているに違いない。それでも、美希は意外にも時間をかけて、しっかり手を合わせた。

やがて美希は顔をあげると、仏壇の前からさがった。そして、朋彰の隣に戻ったので、ふたりはゆっくり振り返る。

「ありがとうございます。夫のために……」

正座をしていた朝香が、深々と頭をさげる。未亡人だと思うせいか、黒いスカートとブラウスが喪服のように見えた。

「あれ……」

美希が小さな声を漏らす。

朋彰も不思議に思って、あたりを見まわした。義人の姿が見当たらない。トイレにでも行ったのだろうか。

「お茶でも入れるわね。リビングに行きましょう」

朝香にうながされて立ちあがる。だが、和室を出る前に、どうしても気になって呼びとめた。

「あの……兄さんはどこですか」

いやな予感が胸にひろがっている。美希も隣で不安げな顔をしていた。

「出ていったわ」

朝香は視線をすっとそらす。朋彰と美希が仏壇で手を合わせていたときに、なにも告げずに出ていったらしい。

（どうして、とめてくれなかったんだ）

口に出したいのを懸命にこらえた。

こちらの事情を朝香は知らない。行方不明だった義人とようやく再会したのにと思うが、その憤りをぶつけるわけにはいかなかった。

「どうして、とめてくれなかったの」

突然、美希が大きな声をあげた。

怒りを露にして、朝香に詰め寄る。美希は義人に会いたいばかりに、危険な目に遭ったのだ。それなのに、ほとんど話もできていない。到底、納得できるはずがなかった。

「ごめんなさい。言っても聞かないから……」

朝香は申しわけなさげにつぶやいた。

「どこに行ったのか、わかりますか」

朋彰もあきらめきれずに尋ねる。

まだ義人に確認したいことがたくさんあった。アパートの隣室に大量の資料を集めて、なにを調べていたのだろうか。

「行き先もわからないわ」

「せめて、聞いてくれれば……」

「聞くだけ無駄よ。こういうとき、山名くんは絶対に行き先を言わないわ。わたしたちを巻きこみたくないから……」

朝香は伏し目がちにつぶやいた。

淋しげな顔を目にして、朋彰はそれ以上、なにも言えなくなってしまう。つらい思いをしているのは彼女も同じなのではないか。そんな気がして、責めることができなくなった。

「信念を貫くためなら、まわりにどう思われようと気にしないの。山名くんもあの人も……」

朝香は仏壇に視線を向ける。その瞳は悲しげに潤んでいた。

「本人はそれでいいのかもしれないけど、そばにいる者は淋しいわ」

言いたいことはよくわかる。

(兄さんは、いつもそうだ……)

ひとりですべてを抱えこんでしまう。

両親を事故で亡くしたとき、朋彰はまだ高校生だった。経済的にも大変だったのに、義人は朋彰に心配をかけまいとして大丈夫だと言いつづけた。その言葉を信じて普通の生活を送っていたが、のちに義人が親戚中に頭をさげて金を借りていたことを知った。

思い返すと、そういうことがたくさんある。朋彰が尊敬する兄はどんな困難に直面しても、ひとりで対処できる能力を持っている男だ。

(でも、俺はいつも蚊帳《かや》の外だ……)

警察を辞めたときも、あとになって聞かされた。

よほどつらいことがあったのは、義人を見ていればわかる。それなのに、いっさい話そうとしないのだ。本当に大変なときは相談してほしい。なにも言ってもらえないと、男として認められていない気がしてしまう。

(兄さんにとって、俺はいつまでもガキのまんまなんだろうな……)

思わずため息が溢れ出す。

今さら捜したところで、義人が近くにいるとは思えない。やっと会えただけに落胆が大きい。全身から力が抜けて、へたりこみそうになった。

「それでも、俺は……絶対に兄さんを捜し出します」

気力を振り絞ってつぶやいた。

それは自分自身に言い聞かせるためでもある。ここであきらめたら、永遠に会えなくなる気がした。

「あんな兄さんでも、たったひとりの家族なんです」

朋彰が熱く語るのを、朝香は黙って聞いている。なにかをこらえるように、下唇をキュッと噛んだ表情が印象的だ。

「力になれなくて、ごめんなさい」

しばらくして、朝香が口を開いた。

「いえ……すみません」

彼女を責めるような口調になっていたかもしれない。朋彰は頭をさげて背を向けた。

「美希さん、送りますよ」

立ちつくしている美希に声をかける。朋彰が和室を出ると、美希も黙ってついてきた。

外に出ると日が傾いていた。

西の空が燃えるようなオレンジ色に染まっている。やっと会えた義人が消えたこともあり、物悲しい気持ちになってしまう。

朋彰が運転席に乗りこむと、美希は無言で助手席に座った。

エンジンをかけて、夕日のなかを走り出す。なにか話したほうがいいのかもしれないが、美希はすべてを拒絶するような空気があった。義人が黙っていなくなったことで、すっかりむくれていた。

もうすぐアパートに到着する。ブレーキを踏んで減速をはじめたときだった。

「帰りたくない」

美希がぽつりとつぶやいた。

「そう言われても……」

「すごく怖かったんだよ」

美希の目から涙が溢れている。声を押し殺して泣いていたのか、頬はぐっしょり濡れていた。

「ひとりになりたくないよ」

そう言われると、つき放すことはできない。

なにしろ、美希はチンピラに捕まって監禁されていたのだ。命の危険すら感じたに違いない。そんな怖い思いをしたのだから、ひとりになりたくないのは当然のことだ。

「じゃあ、ご飯を食べてから帰りましょうか」

朋彰にできるのは、いっしょに過ごすことくらいしかない。食事をしながら話をすれば、少しは落ち着くのではないかと考えた。

「ホテルに行きたい」

消え入りそうな声だった。

助手席から熱い視線を感じる。思わず顔を向けると、視線が重なってドキリとした。

（ホテルはまずいだろ……）

心のなかでつぶやくだけで、口に出すことはできなかった。

美希はからかっているわけではない。誰かと肌を重ねることで、安心したいと思っている。それがわかるから、なにも言えなくなってしまう。不安になっているのは朋彰も同じだ。

一度、身体の関係を持っているせいか、最後まで語らなくても互いの気持ちが伝わった。

4

「誰でもいいわけじゃないよ」

ショッキングピンクの光が降り注ぐなか、美希が顔を寄せてささやいた。

「わかっています」

朋彰は彼女の腰に手をまわすと、唇をそっと重ねた。

「ンンっ……」

美希はすぐに唇を半開きにして、柔らかい舌を伸ばす。朋彰の唇をやさしく舐めたかと思うと、口内にヌルリッと滑りこませた。

ふたりがいるのは郊外にある古びたラブホテルだ。

ごねる美希を慰めるために車を走らせて、最初に目についたラブホテルに入った。

狭い空間のほとんどをダブルベッドが占めている。ただセックスをするためだけの部屋だ。昭和の香りが漂っているが、ロマンティックを求めて来たわけではない。ふたりきりになれれば、それでよかった。

「あふっ……はむンっ」

美希はすぐに朋彰の舌をからめとると、唾液ごと吸いあげる。二度目なので遠慮はいっさいない。ジュルジュルとすすっては、次々と飲みくだしていく。

朋彰もお返しとばかりに美希の口のなかを念入りにしゃぶり、舌を思いきり吸い立てた。甘い唾液を味わうことで、気分が急速に盛りあがる。ペニスがあっという間に屹立して、スラックスの前が張りつめた。

「硬いのが、当たってるよ」

美希は唇を離すと、濡れた瞳でじっと見つめる。そして、目の前にしゃがみこんで、スラックスを脱がしにかかった。

ベルトを緩めて、スラックスのホックをはずすと、ファスナーをジジジッとおろしていく。前がはらりと開き、水色のボクサーブリーフが露になった。そこにはペニスの形がはっきり浮かびあがっている。先端部分には我慢汁の染みまでひろがっていた。

「もう、こんなになってる」

反応しているのがうれしいのか、美希は唇の端に微かな笑みを浮かべる。

スラックスとボクサーブリーフを引きさげると、勃起したペニスがブルンッと鎌首を振って現れた。

「ああンっ、すごい」

美希はスラックスとボクサーブリーフをつま先から抜き取り、太幹に細い指を巻きつける。両手で陰毛を押さえるようにすると、竿の根元にピンクの舌先をそっと押し当てた。

「うっ……」

裏スジをゆっくり舐めあげられて、思わず小さな声が溢れ出す。

触れるか触れないかの繊細なタッチで、じりじりと先端に向かっていく。カリの裏まで来ると、舌先を小刻みに動かしてくすぐった。

「くううッ」

「ここが感じるんだね」

美希は朋彰の反応を見ながら、感じる場所を集中的に舐めまわす。舌先を張り出したカリの裏側に潜りこませると、時間をかけてグルリと一周する。さらには我慢汁にまみれた亀頭の表面にも舌を這いまわらせた。

「き、汚いから……」

シャワーも浴びずに舐めているのだ。さすがに気が引けるが、美希は構うことなく尿道口に舌先を移動させた。

「朋彰さんのオチ×チンだもん。汚くなんかないよ」

男が悦ぶ台詞《せりふ》をささやくと、美希は敏感な部分をチロチロと舐めまわす。尿道口を刺激されて、たまらず腰に震えが走った。

「くううッ、そ、そこは……」

呻き声を抑えられない。ペニスはますます硬くそそり勃ち、透明な我慢汁が次から次へと溢れ出した。

「はああンっ、お汁がいっぱい……」

美希は唇を亀頭の先端に密着させると、猛烈に吸いはじめる。我慢汁が強制的に吸い出されて、たまらない快感が全身にひろがっていく。

（こ、こんなことまで……）

朋彰が驚いていると、美希は亀頭をぱっくり咥えこんだ。

まるで飴玉《あめだま》をしゃぶるように舌をねちっこく這わせて、全体に唾液を塗りつける。そして、おもむろに首を振りはじめた。唇が竿の表面をヌルリッ、ヌルリッと滑るたび、蕩けるような愉悦が湧きあがる。新たな我慢汁が溢れると、美希は躊躇することなく嚥下した。

「ンっ……ンっ……」

「き、気持ち……ううぅッ」

瞬く間に射精欲がこみあげる。このまま つづけられたら、暴発するのは目に見えていた。

「み、美希さん……」

朋彰は慌てて両手を伸ばすと、彼女を立ちあがらせる。唇からペニスが抜け落ちて、自分の下腹部をペチンッと打った。

「あンっ、いいところだったのに」

美希は不満げにつぶやくが、瞳はねっとり潤んでいる。朋彰が反応したことで自分も興奮しているに違いない。

「今度は俺がやる番ですよ」

美希のタンクトップをまくりあげて頭から抜き取る。ブラジャーはレモンイエローのハーフカップだ。ショートパンツをおろせば、やはりレモンイエローのパンティが現れる。しかも、布地の面積が少ないセクシーなデザインだ。

「あれ、もしかして……」

彼女の肩をつかんで背中を向けさせる。すると、パンティはTバックで臀裂《でんれつ》に深く食いこんでいた。

「おおっ、大胆ですね」

Tバックをナマで見るのは、これがはじめてだ。朋彰が唸ると、美希は両手を尻にまわして臀裂を隠そうとする。

「そんなに見られたら恥ずかしいよ」

「どうして、こんなの穿《は》いてるんですか」

「だって、普通のパンティだと、ラインが浮かんじゃうから……」

美希は腰をもじもじさせながらつぶやいた。

女性がTバックを選ぶのはファッションのためだが、男にとっては欲望を煽《あお》る道具でしかない。Tバックはいかにもという感じで抵抗があったが、美希が恥じらうので気分が高まった。

ホックをはずしてブラジャーを取り去ると、背中に手を当ててベッドに押しあげる。美希は四つん這いになり、ベッドの中央へと進んだ。

「なにするの……」

「さっきは俺がやってもらったから、お返しですよ」

朋彰はポロシャツを脱ぎ捨てて裸になると、彼女の背後で這いつくばる。そして、高々と掲げた双臀に両手を重ねた。

「あっ……」

美希の唇から小さな声が漏れる。

Tバックなので白い尻たぶが剝《む》き出しだ。円を描くようにやさしく撫でまわして、なめらかな肌触りを堪能《たんのう》する。臀裂にはパンティが食いこんでおり、肝腎《かんじん》なところは見えない。だが、それがかえって欲望を刺激した。

朋彰はパンティの尾骨あたりに指を引っかける。そして、軽くクイッと持ちあげて、布地をさらに食いこませた。

「ああっ、ダメぇっ」

美希が甘い声を漏らして腰をよじる。

パンティの股布が女陰を圧迫することで、感じているのは間違いない。その証拠に、レモンイエローの生地に愛蜜の染みがひろがっていた。

「あンっ、引っぱらないで」

「でも、ずいぶん濡れてるみたいですよ」

抗議の声を無視して、パンティをクイクイと持ちあげる。そのたびに、クチュッ、ニチュッという湿った音が響きわたった。

「あっ、ダメっ、ああっ」

美希の声が大きくなる。

しかし、口ではいやがっているが、四つん這いの姿勢を崩そうとしない。頭を低くすることで背中が反り、プリッとした尻がなおさら突き出される。男を挑発するようなセクシーポーズになっていた。

「本当は感じてるんじゃないですか」

非日常的なことがあったせいか、やけに気持ちが昂っている。パンティをグッと持ちあげて、女陰をさらに刺激した。

「あああっ、食いこんじゃうっ」

美希の声が艶を帯びる。

パンティの股布にできた染みがさらにひろがり、湿った音も生々しく響いている。愛蜜の分泌量が増えているのは明らかだ。パンティを持ちあげるたび、女体の悶《もだ》えかたも大きくなった。

「ほら、すごく濡れてますよ」

右手でパンティを吊《つ》りあげて、左手では尻たぶを撫でまわす。こんなことをするのは、これがはじめてだ。強引で申しわけないと思いつつ、かつてない昂りを覚えていた。

「ああンっ、そんなにされたら……」

「やっぱり感じてるんですね」

「だ、だって……オチ×チンを舐めたら興奮しちゃったの」

美希が潤んだ瞳で振り返る。

ストレートな言葉を耳にして、朋彰はますます高揚した。奔放な美希が愛らしくてたまらない。もっと感じさせたくて、Tバックの股布を脇にずらすと女陰を露出させた。

「あっ、見ないで。恥ずかしいよ」

慌てて美希が手を伸ばして隠そうとする。だが、朋彰はすかさず手首をつかんで、まじまじとのぞきこんだ。

ショッキングピンクの花弁は、愛蜜が滴るほど濡れている。物欲しげに蠢いており、割れ目から新たな汁がジクジクと湧き出していた。チーズにも似た香りが鼻腔《びこう》に流れこみ、朋彰は吸い寄せられるようにキスをした。

「ああッ」

美希の喘ぎ声がいっそう大きくなる。

反応してくれるのがうれしくて、朋彰は舌を伸ばして女陰を舐めまわす。二枚の花弁を交互にしゃぶると、割れ目に舌先を沈みこませる。そして、上下にゆっくり動かした。

「そ、そんなにされたら……はああッ」

華蜜の量がどんどん増えている。朋彰は口を密着させると、ジュルジュルとすすりあげた。

「あンっ……ああンっ」

「すごい量ですね。飲みきれませんよ」

「そんなとこ舐められたら……あああッ」

尻たぶが小刻みに震え出す。

ふと女陰の上にある肛門が目に入った。

割れ目を舐めあげるたび、収縮と弛緩《しかん》をくり返している。その動きが卑猥《ひわい》に感じて、くすんだ色の尻穴が気になってしまう。中心部から外側に向かって無数の皺が伸びており、秘めやかに蠢いていた。

朋彰は女陰をしゃぶりながら、指先で尻穴にそっと触れてみる。とたんに女体がビクンッと大きく反応した。

「ひンンッ、そ、そこはダメぇっ」

美希の唇から裏返った嬌声《きょうせい》がほとばしる。

それと同時に愛蜜の量がどっと増えた。もしかしたら、尻穴も感じるのかもしれない。朋彰は指の腹で肛門をやさしくマッサージしながら、女陰を執拗《しつよう》にねぶりつづけた。

「ああぁッ、ダメだって言ってるのに……」

「でも、感じるんでしょう」

「う、うん、感じるの……ああぁンっ」

美希の声はすぐに甘ったるいものに変化する。肛門と女性器を同時に愛撫されて、性感が蕩けているのは間違いない。

「どっちが気持ちいいですか」

指と舌を動かしながら語りかける。美希を感じさせることで、朋彰の興奮も高まっていく。

「ああッ、ど、どっちも……あああッ」

もう限界が近いらしい。美希は叫ぶように答えてよがり泣く。

それを聞きながら朋彰は肛門を押し揉み、舌先を膣口に挿入する。軽く出し入れすると、尻たぶの震えが大きくなった。

「そ、それダメっ、あああッ、もうダメぇっ」

美希は切羽つまった声をあげて、腰を右に左によじらせる。

絶頂が迫っているらしい。朋彰は女陰から口を離さず舐めつづけて、尻穴に押し当てた指に力をこめた。そのとき、ツプッという感触とともに、指先が浅く肛門に沈みこんだ。

「ひいいッ、そ、そこは、ひあああああッ」

女体の反応が激しくなる。ヒイヒイ喘いで汗ばんだ背中が波打ち、白い尻たぶに力が入った。

「はああッ、い、いいっ、もうダメっ、イクッ、イックうううううッ！」

美希が艶めかしい嬌声を響かせて、絶頂へと昇りつめていく、獣のポーズで尻を痙攣させながら、朋彰の指を肛門で締めつける。膣に埋めこんだ舌先も、思いきり絞りあげられた。

（す、すごい……俺の舌と指で……）

美希を絶頂に追いあげたことで、達成感が胸にひろがっていく。

だが、朋彰はまだ射精していない。今度は自分も達したいという欲望が急激にふくれあがった。

5

「ちょ、ちょっと待って……」

美希がうろたえた声を漏らして振り返る。絶頂に達した直後で、瞳がねっとり潤んでいた。

「どうしたんですか」

朋彰は彼女の背後で膝立ちになり、瑞々しい尻を抱えこんでいる。そして、屹立したペニスの先端を女陰にあてがったところだ。

「イッたばっかりだから……」

まだ身体が敏感になっているのだろう。亀頭が軽く触れただけでも、美希の腰がビクビクと震えた。

「でも俺、もう我慢できないんです」

朋彰はそう言うなり、腰をゆっくり押し出していく。亀頭が二枚の陰唇を押し開き、媚肉の泥濘《ぬかるみ》に沈みこんだ。

「あああッ」

美希は喘ぎ声を振りまき、背中を弓なりに反らしていく。それと同時に膣口が収縮して、カリ首を思いきり締めつけた。

「くッ……き、きつい」

「ま、待って、今はダメ……」

そう言いながら、美希は自ら尻を突き出す。ペニスがズブズブとめりこみ、半分ほど膣内に埋まった。

「ああッ、お、大きいっ」

「ううッ……美希さんのなか、すごく熱いですよ」

膣のうねりに誘われて、腰をさらに押しつける。太幹が膣口を擦りながら沈みこんで、亀頭が女壺の最深部に到達した。

「あううッ、ふ、深い……奥まで来てる」

美希が甘い声を漏らして腰を震わせる。膣道全体がうねり、ペニスを咀嚼《そしゃく》するように締めつけた。

「こ、これはすごい……」

朋彰は両手で彼女のくびれた腰をしっかりつかむと、さっそくピストンを開始する。興奮が高まっており、最初から速度があがってしまう。欲望にまかせてペニスをヌプヌプと出し入れした。

「あぁっ……あぁっ……」

美希の唇から喘ぎ声が溢れ出す。

ペニスを後退させるときに、張り出したカリが膣壁を擦りあげる。根元まで埋めこめば、亀頭が子宮口をノックする。それを何度もくり返すことで、彼女の性感は確実に蕩けていく。

「あぁンっ、い、いいっ……気持ちいいよぉっ」

美希もピストンに合わせて尻を振る。四つん這いの状態で本能にまかせてペニスを貪《むさぼ》っていた。

「お、俺も、気持ちいいです」

先ほどフェラチオをしてもらったが、射精はしていない。興奮状態がつづいており、いよいよ欲望は限界近くまで高まっている。自然とピストンが速くなり、力強くペニスを抜き差しした。

「ううウッ、み、美希さんっ」

「あァッ、す、すごいっ、あああァッ」

美希の喘ぎ声が大きくなる。

ひと突きごとに射精欲が高まり、朋彰の息づかいは荒くなっていく。このまま最後まで駆け抜けようと思ったときだった。

「ね、ねえ、前からして……」

美希がかすれた声で懇願する。

もともと義人に想いを寄せており、朋彰は代わりにすぎない。顔がそっくりだから、淋しさを埋める相手にちょうどよかったのだ。もしかしたら、顔を見ながら絶頂を迎えたいのかもしれない。

朋彰はペニスをゆっくり引き抜いた。

勃起した男根は愛蜜にまみれてヌルヌルだ。ペニスが抜けたあとの膣口は、大きく開いたままになっている。しかし、それはほんの一瞬のことで、すぐに陰唇がぴったり閉じた。

「わたし、もう……」

美希は待ちきれないといった感じで仰向けになる。Tバックのパンティを脱ぎ捨てると、膝を立てて左右に開いた。

逆三角形に整えられた陰毛まで愛蜜で濡れており、恥丘にぴったり貼りついている。もちろん、女陰はそれ以上の愛蜜にまみれてトロトロだ。バックからの挿入でぐっしょり濡れていた。

「早く挿《い》れて……」

濡れた瞳で見あげて、甘えるようにおねだりする。

高揚しているのは朋彰も同じだ。すぐに覆いかぶさると、いきり勃ったペニスを膣口にあてがった。

「挿れますよ」

「来て、早く……」

うながされるまま一気に根元まで埋めこみ、亀頭で子宮口を押しつぶす。その状態で上半身を伏せて、女体をしっかり抱きしめた。

「あああッ、動いて……いっぱい動いて」

美希が喘ぎながらしがみつく。きつく抱き合うことで、ふたりの身体がひとつになったような錯覚に陥った。

「み、美希さん……動きますよ」

朋彰は力強く腰を振りはじめる。

ふくれあがった男根で、濡れた女壺をかきまわす。湿った蜜音が響いて、瞬く間に快感の波が押し寄せた。

「おおッ……おおおッ」

「ああッ、ああッ……い、いいっ」

美希は手放しで喘いでいる。朋彰の顔を見つめては、頰を寄せて抱きつくことをくり返す。膣の強烈な締まり具合から、絶頂が迫っているのは間違いない。だから、朋彰は遠慮することなくペニスを抜き差しした。

「くううッ、も、もうすぐっ」

「わ、わたしも……あああああッ」

相手が昂っているとわかるから、相乗効果でふたりは同時に昇りはじめる。

腰の動きが自然と加速して、男根を奥までたたきこむ。それに反応して女壺がウネウネと激しく蠢いた。

「おおおおッ、も、もうっ」

「あああッ、だ、出して、いっぱい出してぇっ」

美希の声が引き金となり、絶頂の大波が押し寄せる。朋彰はあっという間に吞みこまれて、ついに根元まで埋めこんだペニスを脈動させた。

「で、出るっ、出るよっ、おおおおッ、くおおおおおおおおッ！」

女体をしっかり抱きしめると、首すじにむしゃぶりつく。白くて柔らかい皮膚を吸いながら、大量のザーメンを注ぎこむ。ペニスの震えがひろがり、全身がガクガクと痙攣した。

「はあああッ、い、いいっ、イクッ、イクッ、あぁあああああああッ！」

美希のよがり泣きがラブホテルの壁に反響する。膣奥に熱い精液をぶちまけられて、身体が思いきり仰け反った。

絶頂しながらきつく抱き合い、唇を重ねていく。舌をからませることで、快感はより大きなものに変化する。達しているのに腰を振り、ザーメンまみれの女壺を刺激しつづけた。

刹那の快楽が、不安を和らげてくれる。

今日はいろいろなことがありすぎた。美希だけではない。朋彰も同じだ。こうして誰かの温もりを感じなければ、ふたりとも耐えられなかった。

美希は呆《ほう》けた顔で腰をくねらせている。それでも、頭にあるのは義人のことに違いない。

（美希さんのためにも……）

快楽にまみれながらも考える。

なんとかして、義人を捜さなければならない。危うく命を落とすところだったのだ。危険なことに首をつっこんでいるのは間違いなかった。

第三章　背徳感に溺れて

1

朋彰は会社でパソコンに向かっている。来月の売上目標を達成するための戦略を練っているところだ。

何カ月も連続で売上目標を達成していると、より厳しい目標が上司からおりてくる。それを自分が担当する部下たちに割り振らなければならない。そして、大口の契約が取れるようにサポートするのも朋彰の仕事だ。

その一方、頭の片隅で昨日のことを思い返していた。

美希はセックスをしたことで、落ち着きを取り戻した。そして、誠心ファイナンスの磯貝たちに捕まったときのことを話してくれた。

じつは、美希が監禁されていた部屋には、ほかに三人の女性がいたという。最初は猿ぐつわをされていなかったので、話すことができたらしい。みんな二十代で、金を借りたが返済できなくなった女性だ。

――どこかに連れていかれて、売春をさせられるんだって。

美希の言葉は衝撃的だった。

法外な利息でがんじがらめにして、裏風俗で働かせる。それが本当の目的なのかもしれない。ヤミ金なら、いかにもありそうな話だ。

やがて女たちはどこかに連れていかれて、美希だけが事務所に残された。そして、磯貝に尋問されたという。

――なにを探っていたのか教えろって。

――義人さんを捜していただけだって言っても信じてもらえなくて……。

美希は恐怖がよみがえったのか、溢れる涙を何度も拭《ぬぐ》った。

脅されながら、しつこく聞かれたらしい。磯貝はやばいことに手を出しているから、神経質になっているのではないか。美希がなにを調べていたのか気になったのだろう。

ひととおり話を聞いてからアパートに送ろうと思ったのだが、美希は怖がって帰りたくないという。

そう言われても、朋彰のマンションに連れこむのは気が引ける。すでに二度もセックスしているが、美希は義人のことを想っている。だらだら関係をつづけるのはよくないという気持ちがあった。

悩んだすえ、朝香に電話で相談した。

美希は不服そうだったが、自分のアパートよりはましだと判断したらしい。朝香の家にしばらく泊まることになった。

——お兄さんなら大丈夫よ。それより、朋彰くんも気をつけてね。

車で美希を送ると、玄関先で朝香がささやいた。

あれほどの怪我を負った義人を見ているのに、どうして大丈夫と言えるのだろうか。それに朋彰は義人の行方を追っているだけだ。

——朝香さん……。

朋彰が質問しようとしたとき、すでに朝香は背中を向けていた。怯えている美希を連れて、家のなかに入っていった。

(俺が危ないことをするとでも思ったのかな……)

朝香の言葉が引っかかっている。

義人のように無謀なことはしない。ましてや刺されるところを目《ま》の当たりにしたのだから、恐ろしくて逃げ出したいくらいだ。できることなら、今すぐ警察に駆けこみたかった。

――救急車を呼べば、警察にも連絡がいく。それはまずい……。

義人のあの言葉がなければ、とっくに警察に行っていた。

どうして、警察はまずいのだろうか。なにも教えてくれないまま、義人は姿を消してしまった。

そもそも、この二カ月、義人はどこでなにをしていたのだろうか。

もし犯罪に手を染めていたのだとしたら、警察はまずいと言うのもわかる気がする。しかし、あれほど正義感の強かった義人が、そこまで堕《お》ちてしまったとは考えにくい。

(いや、でも……)

警察を辞めてからの生活はかなり荒れていた。

もしかしたら、食うのにも困っていたのではないか。なにかを調べていたのは確かだが、困窮していたのも間違いない。

(どうして、なにも教えてくれないんだよ)

不安と苛立ち、それに悔しさがこみあげる。

なにが起きているのか、さっぱりわからない。助けたいのに、どうすることもできない。

めずらしく定時で退社して、急いでマンションに帰る。そして、スーツのまま地下駐車場におりると、すぐに車で出発した。

居ても立ってもいられない。

元警察官の義人が、警察はまずいというのだから従ったほうがいいと思う。だからといって、なにもしないわけにはいかない。居ても立ってもいられず、とにかく義人の住んでいる街に向かって車を走らせた。

アクセルを踏みながら、どうするべきかを必死に考える。

まずは誠心ファイナンスを行こうと思う。とはいっても、美希のように事務所を訪ねるわけではない。昨日、義人があれほど暴れたのだから、警察が駆けつけた可能性もある。義人の血痕《けっこん》だってあるかもしれない。どうなったのか、遠くからこっそり確認するつもりだ。

あの雑居ビルが近くなり、緊張感が高まった。

まずは周辺に注意を払いながら素通りする。パトカーや警察官の姿はない。だが、夜なので飲み屋が開いており、昼間とは雰囲気がだいぶ違う。歩行者もちらほら見かける。警戒しているせいか、昨日のチンピラたちに似ている気がして落ち着かない。

（ち、違う……あいつらじゃない）

いったん現場から離れて冷静に考える。

顔つきがまるで違う。昨日の連中はいかにも暴力的な雰囲気が漂っていた。先ほどの歩行者はスーツを着ていたし、年齢もずっと上だった。酒を飲みに来ただけの、ごく普通のサラリーマンだ。

（よし、もう一度……）

再び雑居ビルに接近する。

離れたところに車を停めて、フロントガラスごしに目を凝らす。誠心ファイナンスが入っていたのは二階だが、明かりはついていない。二階だけではなく、雑居ビル全体がまっ暗だ。もともと空室が多かったようだが、見事に明かりが消えていた。

しばらく見ていたが、人の出入りはまったくない。車を慎重に走らせて近づいた。怖いくらいひっそりしている。朋彰は車を停めて降りると、思いきってエントランスに足を踏み入れた。

廊下の明かりはついているが、昨日の騒ぎが嘘のように静かだ。恐るおそる階段をあがり、二階の廊下を進んでいく。誠心ファイナンスの曇りガラスが見えるが、やはり室内はまっ暗だ。

(なにかおかしいな……)

ドアレバーをつかんでまわすと、鍵はかかっていなかった。

ドアをそっと開いて、はっとする。室内にはなにもない。昨日はスチール机があったのに、もぬけの殻だ。窓から射しこむ街路灯の明かりが、リノリウムの床をぼんやり照らしていた。

昨日、美希が監禁されていた部屋に向かうと、スマホを取り出してライトをつける。義人の血痕があるはずだが、きれいに拭き取られていた。

(逃げたんだ……あいつら、逃げたんだ)

タイミング的に昨日のことが発端としか思えない。

やばいことをやっているので、騒ぎを嫌うのではないか。特殊詐欺は警察に捕まらないように、拠点をころころ変えると聞いたことがある。磯貝たちも警察に目をつけられる前に移動して、別の場所でまた同じことをやるつもりなのかもしれない。

用心深い連中だ。警察に通報しても意味はない。今さらここを調べたところで、なにか出るとは思えなかった。

2

朋彰は車に戻ると、朝香の家に向かった。

義人の部屋に行くことも考えたが、昨日、朝香にかけられた言葉が気になっていた。

――お兄さんなら大丈夫よ。それより、朋彰くんも気をつけてね。

どういうつもりで言ったのだろうか。

考えれば考えるほど、朝香はなにか知っている気がしてならない。義人とは古いつき合いらしいが、どういう関係なのだろうか。

朝香の家の前で車を停めてエンジンを切る。窓から明かりが漏れているので在宅しているようだ。朋彰は玄関に向かうと、少し緊張しながらインターホンを鳴らした。

「はい……」

朝香の声が聞こえた。

「夜分に恐れ入ります。朋彰です。兄さんのことで――」

「ちょっと待ってて」

突然の訪問にもかかわらず、朝香はまったく驚いた感じがない。まるで待ち構えていたように、玄関ドアがすぐに開いた。

「どうぞ、あがって」

朝香は朋彰の顔を見ると、口もとに微笑を浮かべる。そして、なにも聞かずに招き入れた。

「美希ちゃんはお仕事に行ってるわ。帰りは深夜になるみたい」

「そうですか」

てっきり仕事を休むと思っていたので意外だった。美希はか弱そうに見えて、案外、肝が据わっているのかもしれない。

「連絡もしないで、急にすみません」

今ごろになって、一本、電話を入れればよかったと思う。しかし、焦るばかりで気がまわらなかった。

「気にしなくていいのよ。来ると思っていたから」

朝香はさらりと言って背中を向けると、廊下をゆっくり歩いていく。

「どうして、来ると思ったんですか」

靴を脱ぎながら質問するが、朝香は答えてくれない。

そのとき、彼女が黒い服を着ていることに気がついた。昨日も黒のスカートとブラウスを身につけていたが、今日は黒いワンピースだ。夏らしい薄手のさらりとした生地だが、喪服にしか見えない。

（もしかして、ずっと……）

背中に悲しみが滲んでいる気がした。

朝香は夫を亡くして二カ月になる。その間、ずっと黒い服で過ごしているのかもしれない。

とにかく、彼女のあとを追いかけて廊下を進んだ。

朝香はリビングを通りすぎて和室に入っていく。朋彰もあとにつづくと、朝香は仏壇の前で正座をしていた。

線香の煙がスーッと立ちのぼっている。朝香は頭を垂れて、静かに手を合わせていた。

（あっ……）

朋彰は思わず立ちつくしてしまう。

未亡人のうしろ姿があまりにも美しかったからだ。美しいという表現が正しいのかどうかはわからない。しかし、悲しみや淋しさを抱えているであろう朝香の姿に息を呑み、見惚《みと》れていたのは事実だ。

朝香は仏壇に手を合わせたまま、いっさい動かない。亡夫になにを語りかけているのだろうか。

朋彰は少し離れて、朝香のうしろで正座をした。

今は話しかけるべきではない。聞きたいことはたくさんあるが、勝手に押しかけたのだ。彼女の大切な時間を邪魔してはいけないと思った。

どれくらい経ったのだろうか。

朝香のうしろ姿を見つめているのは、まったく苦ではない。黒いストッキングに包まれた踵《かかと》の上に、尻が柔らかく乗っている。服の上からでも、腰のくびれが確認できた。

義人と同い年なので三十六歳だ。若くして独り身になり、これからどうやって生きていくのだろうか。よけいなお世話かもしれないが、か弱い女性の暮らしが心配になった。

「なにか、お話があるのね」

朝香は顔をあげると、こちらに向き直った。

「はい。でも、その前にご焼香させてもらってもよろしいでしょうか」

朋彰が立ちあがると、朝香は仏壇の前からすっとよける。

彼女の夫とは面識がなく、どういう人物だったのかも知らない。しかし、兄の親友だったと聞いている。そして、朝香も昔からの知り合いで、三人が特別な絆《きずな》で結ばれていたのは、なんとなくわかった。

（お騒がせして、すみません……）

朋彰は線香を立てると、静かに手を合わせた。

そして、隣で正座をしていた朝香のほうに体を向ける。澄んだ瞳でまっすぐ見つめられると、言葉につまってしまう。心を見透かされている気がして、懸命に邪念を振り払った。

「兄さんのことを聞きたくて、おうかがいしました」

質問する前に、経緯《いきさつ》を話す必要がある。

朋彰は二カ月前から義人と連絡が取れなくなったこと、そして同じアパートの住人である美希と出会ったこと、さらには誠心ファイナンスでの一件などを手短に説明した。

「あと……アパートの隣室が空き部屋なんですが、無断で使っていたみたいなんです」

迷ったすえに打ち明ける。

取り壊しが決まっているとはいえ、犯罪行為だ。しかし、あの部屋のことを黙っていたら、話が先に進まない。

「大量の資料がありました。兄さんは、なにかを調べていたんです」

「そう……資料を見たのね」

朝香が独りごとのようにつぶやいた。

「いえ、ちゃんと見ていないんです。なんだか怖くて……兄さんの執念を感じました」

今になって、きちんと確認しておけばよかったと思う。あの大量の資料をチェックすれば、義人がなにを調べていたのかわかるのではないか。そこから居場所を特定できるかもしれない。

(よし、今からあの部屋に行って……)

義人のアパートは、ここからそう遠くない。この間は驚いてきちんと見ることができなかったが、もう大丈夫だ。

「朋彰くん……」

立ちあがろうとしたそのとき、朝香が口を開いた。

「悪いことは言わないから、あまり深入りしないほうがいいわ」

感情を無理に抑えこんだような声だった。

「どうしてですか」

「山名くんは……お兄さんは、なにも言わなかったのでしょう。それなら、そっとしておいてあげたほうがいいんじゃないかしら」

朝香の声は妙に淡々としている。この状況で落ち着いていられるのが理解できなかった。

「兄さんは行方不明なんですよ。怪我をしているのも見ましたよね。なにか危ないことにかかわっているのは間違いないんです」

思わず食ってかかる。とてもではないが、冷静ではいられなかった。

「朝香さんは兄さんの友達なんですよね。なにか聞いてないんですか」

「わたしも聞いてないの……山名くん、昔から単独行動が多いから」

「単独って……自分勝手すぎませんか」

つい声が大きくなる。

義人のことを心配する一方で、怒りが湧きあがった。自分だけではなく、美希も朝香も心配している。それなのに、義人は誰にもなにも告げず、いったい、どこでなにをしているのだろうか。

「兄さんは昔からそうだ。自分ひとりでなんでもできるからって、まわりの迷惑をなにも考えていない。朝香さんは、まわりを巻きこみたくないからだって言ってましたけど、ひとりよがりもいいところだ」

「と、朋彰くん……」

朝香の表情がわずかに動いた。目を見開いて、朋彰の顔を見つめている。大きな声に驚いたのだろうか。

「すみません……でも、たったひとりの兄なんです。自分勝手でも、落ちぶれても、俺の兄さんなんです」

昔の尊敬していた兄ではない。正直、今の兄は好きになれない。それでも、兄であることに変わりはない。

「俺が助けないと……」

朋彰は言葉を絞り出した。

危険にさらされているのなら、放っておくことはできない。たとえ、なにか罪を犯していたとしても、結局は手を貸すと思う。

「山名くんと夫がどうして仲よくなったのか、ようやくわかったわ」

朝香が静かに語りはじめる。

「あなたは死んだ夫に似ているの」

そう言われても、今ひとつピンと来ない。朝香の亡くなった夫、洋一郎のことをまったく知らないのだ。

「俺が、似てるんですか……」

「ええ……まっすぐで、どこまでもやさしい」

朝香は目を細めて、ふっと微笑を浮かべる。

義人は同僚の洋一郎に、朋彰の姿を見ていたのかもしれない。そして、朝香もまた朋彰に亡夫の姿を重ねている。

「朋彰くんがお兄さんのことを大切に思っているように、山名くんもあなたのことをかわいがっていたのね」

「兄さんは、俺のことなんてガキ扱いで……」

朋彰が否定すると、朝香は首をそっと左右に振った。

「わたしたちの前では、よく自慢していたわよ。あいつは俺と違って、ここがやさしいんだって」

　朝香はそう言って、右の拳で自分の胸を軽くたたいた。

「本人の前では照れて言えなかったのね。山名くん、そういうところは不器用だから……」

　義人の意外な一面を知った気がする。

　友達に弟の自慢をしていたことも、不器用なところがあることも、まったく知らなかった。

「俺、やっぱり兄さんを捜します」

「でも、当てはないんでしょう」

「ヤミ金の磯貝って男と、なにかあったみたいなんです。あんなにむきになっている兄さん、はじめて見ました」

　朋彰がいなかったら、殴り殺していたのではないか。本気でそう思うほど、義人の怒りは激しかった。

「とにかく、資料部屋に行ってみます。では――」

「待って」

　立ちあがろうとすると、朝香に手をつかまれた。

「行かないで」

「どうしたんですか……」

「いやな予感がするの。お願いだから、行かないで」

縋るような瞳を向けられると、振りほどくことができない。朋彰は困惑しながら座り直した。

「夫は事件の捜査中、誤ってビルから転落して亡くなったの。朝は普通に出かけたのよ。今の朋彰くんみたいに、はりきって……」

朝香の声が小さくなる。

いつもどおりに送り出した夫が、帰らぬ人となったのだ。そのショックと悲しみが癒《い》える日は、はたして来るのだろうか。

「あなたを見ていると、どうしても夫と重なってしまうの」

朝香は朋彰の手を握ったまま放さない。指先が微かに震えている。見つめる瞳は涙で潤んでいた。

「朋彰くん、あの人にそっくり……きっと、わたしがどんなにとめても、あなたは絶対に引かないのでしょうね」

朝香は無理をして笑おうとする。しかし、睫毛を伏せると、こらえきれずに涙が溢れて頬を伝った。

　血を流した兄が急に押しかけても、慌てることなく応急処置を施した。それなのに、今の朝香はひどく弱々しい。朋彰の手をつかんだまま、涙をはらはらと流す姿は儚《はかな》げですらある。

「朝香さん……」

　思わず彼女の肩を抱いた。

「あっ……」

　朝香の身体には力がまったく入っていない。正座が崩れて横座りになり、朋彰の胸にもたれかかった。

　この人を守りたいと心から思う。

　悲しみに暮れている朝香を放ってはおけない。夫を亡くしても気丈に生きようとしている。しかし、ふいにこみあげる悲しみと淋しさに押しつぶされそうになり、それでも懸命に耐えていた。

（俺にできることなんて、なにもない……）

　わかっているが、少しでも力になりたい。そう思ってしまうのは、お節介というやつだろうか。

朝香は朋彰に胸にもたれたまま、静かに涙を流している。艶やかな黒髪からは甘いシャンプーの香りが漂っていた。肩にまわした手に思わず力がこもる。すると、朝香が顔をすっとあげた。

泣き濡れた瞳で見つめられて、吸い寄せられるように顔を寄せる。朝香は抗うことなく、目をそっと閉じた。

「ンっ……」

唇が重なり、朝香が微かな声を漏らす。それが色っぽくて、朋彰は舌を彼女の口内に滑りこませた。

「はンっ……ダ、ダメ」

朝香はくぐもった声でつぶやき、両手を朋彰の胸板にあてがう。しかし、力はまったく入っていない。押し返すわけでもなく、ただ触れているだけだ。

「朝香さん……」

朋彰は熱い口腔粘膜を舐めまわして、怯えたように震えている彼女の舌を吸いあげた。

ねちっこく舌をからめて唾液をすする。とろみのある唾液はメープルシロップのようで、ますますディープキスにのめりこむ。濃厚な口づけをくり返せば、朝香はあきらめたように舌を与えてくれる。

「はンンっ」

いつしか朝香も舌を吸ってくれる。唾液を交換することで、さらに気分が盛りあがった。

(ああっ、朝香さん……)

いけないと思いつつ、もうとめることができない。朋彰は柔らかい舌と甘い唾液を味わいながら、右手を彼女の乳房に伸ばした。

「あっ……」

ワンピースの上からふくらみに触れると、女体がピクッと反応する。

「いけないわ……」

朝香は唇を離して小声でささやく。しかし、朋彰を押し返すわけでもなく、濡れた瞳で見あげていた。

(俺は、この人を……)

守りたい。そして、自分のものにしたい。

決して口にはできないが、熱い口づけを交わしたことで、気持ちが抑えられなくなっていた。

「旦那《だんな》さんのことが忘れられませんか」

朋彰は彼女の肩を抱いたまま語りかける。

さんざん舌をからめて唾液を交換したあとだ。意地の悪い質問だったかもしれない。しかし、どうしても彼女をものにしたかった。

「もう、あの人は帰ってこないの……」

朝香は伏し目がちにつぶやいた。

仏壇の前でしどけなく横座りして、真珠のような涙で頬を濡らしている。黒いワンピースが喪服のようだ。彫刻を思わせる整った顔立ちをしているだけに、うつむいた姿が、なおさら淋しげに映った。

3

朋彰は朝香のくびれた腰を抱いたまま、二階の寝室に足を踏み入れた。

ワンピースの背中のファスナーを引きさげたため、白い肩と総レースの黒いブラジャーが見えている。朝香は恥ずかしげに肩をすくめているが、そんな仕草がますます牡の欲望を煽り立てていた。

――ここではいや……ほかの場所で……。

朝香がそうささやいたので、仏間をあとにして寝室に向かった。

十畳ほどの洋室で、中央にダブルベッドが置いてある。朝香がサイドテーブルのスタンドをつけると、室内が飴色の光で照らされた。

まぎれもなく夫婦の寝室だ。

夫が亡くなってから、そのままなのではないか。欲望にまかせて迫ったが、本当にここで抱いていいのかと躊躇する。チラリと隣を見やれば、朝香は黙ってうつむいていた。

白い肩が儚げで、黒いレースのブラジャーが色っぽい。

朝香は乱れたワンピースを直すこともなく、ただ朋彰がどうするのかを待っている。彼女のなかにも迷いがあるのかもしれない。夫を亡くして、まだ二カ月しか経っていない。迷いがあって当然だ。

それでも、いずれ朝香は誰かのものになる。

これほど美しい女性を、男たちが放っておくはずがない。朝香もどこかで悲しみを乗り越えて、誰かに身をまかせるはずだ。

（それなら、俺が……）

朋彰は彼女の両肩をつかんで向かい合う。正面から見つめると、唇をそっと重ねた。

「ンンっ……」

朝香は顎を少しあげて、朋彰の唇を受けとめる。

二度、三度とついばむような口づけをすると、やがてどちらからともなく舌をからめた。

キスをしたまま、ワンピースをおろしていく。朝香はされるがままになっている。ワンピースが足もとにはらりと落ちて、黒いストッキングに包まれた下半身が露になった。

朋彰は唇を離すと、ストッキングに指をかけて脱がしにかかる。スルスルと引きさげれば、なにも言わなくても彼女は足を片方ずつ持ちあげて、ストッキングを抜き取るのに協力してくれた。

これで朝香が身につけているのは、黒いレースのブラジャーとパンティだけになった。黒い下着が肌の白さを際立たせている。顔をうつむかせて、恥ずかしげに腰をよじる姿に惹きつけられた。

ペニスがいきり勃っており、ボクサーブリーフが窮屈でならない。朋彰は服を脱ぎ捨てると裸になった。

「あぁっ……」

朝香がため息にも似た声を漏らす。

彼女の視線は朋彰の股間に向いている。どうやら、勃起した男根が目に入ったらしい。雄々しく反り返った男根を目の当たりにして、どんな思いが心に浮かんだのだろうか。

ここは夫婦の寝室だ。亡くなったとはいえ、夫と過ごすための部屋だ。そこに夫以外の男が入りこんで、勃起したペニスを剝き出しにしている。複雑な気持ちになっているのではないか。

彼女の覚悟を確かめるように抱き寄せる。

朝香は緊張しているのか、身を固くしているが、いやがるそぶりは見せなかった。額を朋彰の肩にちょこんとつけて、じっとしている。張りつめた亀頭が太腿に触れているが、よけることはない。

(いいんですね……)

心のなかで問いかける。

しかし、ここで拒絶されても、途中でやめられる自信はない。暴走して押し倒してしまうかもしれない。それくらい、朋彰は昂っていた。

背中に手をまわして、ブラジャーのホックをはずす。肩紐《かたひも》を滑らせながらカップをそっとずらせば、たっぷりとした重たげな乳房が現れた。

（おおっ……）

朋彰は思わず腹のなかで唸った。

まるでミルクを溶かしこんだように白い肌には染みひとつない。曲線の頂点で揺れる乳首は奥ゆかしい桜色だ。腰が細く締まっているため、双乳の大きさが強調されていた。

くびれた腰を撫でおろしながら、黒いレースのパンティに指をかける。じりじり引きさげれば、肉厚の恥丘が徐々に姿を見せるとともに、漆黒の陰毛がふわっと溢れ出した。

「ああっ……」

朝香の唇から羞恥の声が漏れる。

内腿をキュッと閉じたため、パンティの股布が挟みこまれた。それでも、朋彰は構うことなくパンティを引きおろしていく。布地が裏返り、やがて恥丘の全容が露になった。

陰毛は形を整えたりせず、自然にまかせているようだ。まるで情の深さを示すように、濃厚に生い茂っていた。

パンティの両脇を引きさげると、内腿で挟んでいた股布もついてくる。未亡人の熟れた身体はキスをしたことで反応したのかもしれない。チラリと見えた股布の内側が、愛蜜でしっとり濡れていた。

もしかしたら、自覚していたのではないか。だから、パンティをおろされるのを、とくに恥ずかしがったのかもしれない。

最後の一枚を抜き取れば、ついに朝香は一糸まとわぬ姿になった。

スタンドの明かりがグラマラスな裸体を照らし出す。たっぷりした乳房にくびれた腰、尻には脂が乗ってむっちりしている。女盛りを迎えた満開の身体だ。あまりの神々しさに、朋彰は言葉を失って立ちつくした。

「は、恥ずかしいわ……なにか言って」

朝香は自分の身体を抱きしめると、腰をもじもじとよじらせる。視線に耐えられなくなり、顔をまっ赤に染めあげた。

「す、すみません。あんまり、きれいだから……」

嘘偽りのない言葉だ。思っていたことを正直に打ち明けただけだが、朝香は耳まで赤くして背中を向けた。

「からかわないで……本当は若い子のほうがいいのでしょう」

拗《す》ねたようにつぶやき、顔をうつむかせる。

そんな朝香が年上だけどかわいらしい。朋彰は思わず背後から彼女の肩を抱きしめた。

「あっ……」

「そんなことありません」

耳もとに口を寄せてささやきかける。

「本当に、すごくきれいです」

「と、朋彰くん……」

朝香が潤んだ瞳で振り返る。そそり勃ったペニスが、彼女の柔らかい尻たぶに当たっていた。

「だから、こんなに硬くなってるんです」

「もう……ンンっ」

そのまま唇を重ねると、朝香は静かに睫毛を伏せる。

舌をからめながら両手を前にまわして、たっぷりした乳房に重ねていく。軽く触れただけで、指先がどんどん沈みこむ。そっと揉みあげれば、乳房はいとも簡単に形を変えた。

(なんて柔らかいんだ……)

今にも溶けそうな感触に誘われて、双乳をねっとりこねまわす。肌もシルクのようになめらかで、キスをしながら延々と揉みつづけた。

指先を徐々に先端へ滑らせると、乳首をそっと摘まみあげる。とたんに女体がビクッと反応して、朝香は唇を離した。

「そ、そこは……」

困ったように眉を歪めてつぶやき、腰を悩ましくよじらせる。

その間も乳首をやさしく転がしつづければ、すぐに硬くふくらんでいく。充血してコリコリになると、さらに感度がアップするらしい。振り返った朝香の瞳がトロンと潤んだ。

「ね、ねえ……あぁンっ」

内腿を焦れたように擦り合わせる。

朝香が欲情しているのは間違いない。もう我慢できないとばかりに、右手をうしろにまわすと勃起したペニスに巻きつけた。

「ううっ……あ、朝香さん」

まさか彼女のほうから積極的に触れてくるとは思いもしない。予想外の展開にとまどいながらも、快感に腰をブルルッと震わせた。

太幹を擦られると、先端から我慢汁が溢れ出す。亀頭はすぐにぐっしょり濡れて、竿にもひろがっていく。彼女の指も濡らすことで動きがスムーズになり、蕩けるような快感が湧き起こる。

「くっ、ううっ……」

呻き声を抑えられない。しかし、朋彰も反撃を開始する。左手で乳首を転がしながら、右手を下腹部へと滑らせていく。やがて指先が陰毛に触れる。サワサワとした感触を楽しみ、内腿の隙間に中指を押しこんだ。

「はンンっ」

朝香が腰を引くが、うしろからがっしり押さえこむ。そして、中指を陰唇にぴったり重ねた。

「そ、そこは……ああンっ」

軽く撫であげるだけで、朝香の唇から甘い声が溢れ出す。

女陰はすでに大量の華蜜で潤っている。指を割れ目に沿ってじわじわと動かせば、さらなる果汁が湧き出した。

「あっ……あっ……」

朝香は切れぎれの声を漏らして、たまらなそうに腰をよじる。そして、快感の大きさを表すように、ペニスをシコシコと擦りあげた。

「くううッ、も、もう……」

これ以上は我慢できない。朋彰も呻き声をまき散らして、腰を思いきりよじらせた。

互いの性器を愛撫をすることで、欲望がどんどんふくれあがる。

早くひとつになりたい。ペニスを根元まで女壺に埋めこみたい。思いきり腰を振って快楽を貪りたい。そして、彼女のなかにドロドロのザーメンを一滴残らずぶちまけたい。

「ああっ、そ、そんなにされたら……」

朝香も大量の愛蜜を垂れ流しており、膝がくずおれそうなほど震えている。我慢の限界が近づいているのは間違いない。

「あ、朝香さんっ」

朋彰は欲望にまかせて朝香をダブルベッドに押し倒した。

女体を仰向けに組み伏せると、脚の間に腰を割りこませて覆いかぶさる。そして、勢いのまま亀頭の先端を割れ目に押し当てた。

「ああっ、ま、待って……」

朝香がはっとして身を固くする。慌てて両手を伸ばすと、朋彰の胸板を押し返した。

いざ挿入するという段階になり、我に返ったのかもしれない。しかし、すでに朋彰の欲望は後戻りできないところまで高まっている。亀頭はこれでもかと膨張して、大量の我慢汁にまみれていた。

「俺、もう……それに朝香さんだって……」

腰を少し押し出すだけで、ニチュッという湿った蜜音が響きわたる。二枚の濡れた陰唇が、亀頭を歓迎するように吸いついていた。

「あンンっ、ち、違うの……」

口では抗っているが、朝香の声は艶を帯びている。

身体が求めているのは明白だ。愛蜜の量は増える一方で、亀頭をぐっしょり濡らしている。熟れた女体は確実に蕩けており、逞《たくま》しい男根で貫かれることを望んでいる。

「も、もう、とめられませんっ」

体重を浴びせかけると、亀頭が陰唇の狭間《はざま》にヌプリッと沈みこむ。膣襞がいっせいにからみつき、ペニスをさらに引き入れる。

「あああッ、ダ、ダメよ」

「ダメって言われても……うううッ」

腰を押し出せば、太幹がどんどん埋まっていく。亀頭が媚肉をかきわけて、膣の深い場所まで到達した。

「あううッ、そ、そんな……」

朝香の眉は八の字に歪んでいる。

夫婦の寝室で夫以外のペニスで貫かれたのだ。罪悪感がこみあげたらしく、顔を左右にゆるゆると振っている。しかし、瞳はねっとり潤んでおり、欲情しているのは明らかだ。

（す、すごい……やっぱり、朝香さんも……）

朋彰は思わず心のなかで唸った。

女壺はマグマのように熱く蕩けて、根元まで埋まった男根をしっかり食いしめている。口では否定しても身体は嘘をつけない。膣の奥から新たな愛蜜が次から次へと染み出していた。

「お、お願い……」

朝香の声はかすれている。

抜いてほしいのか、それとも動いてほしいのか判断がつかない。いずれにしても、途中でやめるつもりはない。朋彰は朝香の顔を見おろしながら、腰をゆっくり振りはじめた。

「あっ、ダ、ダメっ、あぁっ」

すぐに朝香の唇から喘ぎ声が溢れ出す。腰も艶めかしく揺れて、膣壁が波打ちはじめる。

「ううッ、すごく締まってますよ」

「そ、そんなはず……」

自分の身体が反応していることを認めたくないのかもしれない。朝香は否定するが、結合部分からは湿った音が響いていた。

「ほら、こんなに濡れてます」

腰の動きを少し速くすると、蜜の弾《はじ》ける音が大きくなる。同時に膣の反応も強くなり、太幹をギリギリと締めつけた。

「くうぅッ、ま、また締まりました」

「ああっ、ウ、ウソよ……」

言葉をかけるたび、朝香の瞳はますます潤んでいく。

身体が反応していることを否定して、罪悪感にまみれながら首を左右に振りたくる。大量の愛蜜を垂れ流して夫以外のペニスを締めつけているのに、まだ認めようとしなかった。

(きっと、旦那さんのことを……)

朋彰の胸に複雑な感情が湧きあがる。

朝香はこの状況でも亡夫のことを想っているらしい。それがわかるから、独占欲がふくらんでくる。二カ月しか経っていないのだから仕方ないが、身も心も自分のものにしたくなる。

「こんなに濡らして、本当は感じてるんでしょう」

「ああっ、言わないで……」

腰を振りながら語りかければ、朝香はひどく恥じらう。その一方で膣はさらに締まり、ペニスをグイグイ締めつけた。

「う、動かないで……ああンっ」

「そんなこと言っても、朝香さんのここは悦んでるじゃないですか」

これだけ濡れているのだから、遠慮する必要はない。朝香に感じていることを認めさせたくて、亀頭を膣の奥までたたきこんだ。

「あううッ、ふ、深いっ……」

その瞬間、朝香の顎が跳ねあがり、背中が大きく仰け反った。

いつしか両脚を朋彰の腰に巻きつけている。胸板にあてがっていた両手は、腋《わき》の下を通って背中にまわっていた。

「乳首だって、こんなに勃ってますよ」

勃起した乳首を指の股に挟みこみ、両手で乳房を揉みあげる。同時に腰を振って、ペニスを力強く出し入れした。

「ああッ……ああッ……そ、そんなに激しくしたら……」

「激しくしたら、どうなるんですか」

ピストンしながら問いかける。朝香は慌てたように下唇を噛んで黙りこむ。だから、再び亀頭を膣奥に埋めこんだ。

「あううッ、お、奥はダメっ」

「どうしてダメなんですか」

尋ねると同時に追撃して、腰を思いきりぶつけていく。亀頭で子宮口を圧迫すれば、女体がガクガク震え出した。

「あああッ、か、感じちゃう……感じちゃうからダメぇっ」

ついに朝香は感じていることを認めると、いっそう艶めかしい喘ぎ声を振りまきはじめる。背徳感にまみれているのか、涙まで流して腰をよじった。

「あ、朝香さんっ、おおおおッ」

己のペニスで未亡人が乱れている。そう思うことで、朋彰の興奮はいっそう跳ねあがり、自然と腰の動きが速くなった。

「ああッ、も、もうっ、あああッ」

「くううッ、ま、また締まりましたよ」

ピストンを激しくすれば、膣の締まりも強くなる。相乗効果で瞬く間に快感がふくれあがり、頭のなかがまっ赤に燃えあがっていく。

「おおおッ……す、すごいっ」

無数の膣襞がからみつく感触がたまらない。子宮口が亀頭を吸い、膣口が太幹を締めあげる。

「き、気持ちいいっ、おおおッ」

獣のように唸りながら腰を振る。

カリで膣襞を擦りあげれば、膣道全体がウネウネと激しく波打つ。快感が快感を呼び、ますますピストンが加速していく。力の加減ができなくなり、ラストスパートの抽送に突入した。

「おおおおッ、あ、朝香さんっ、ぬおおおおッ」

「ああああッ、は、激しいっ、ああああッ」

朝香の喘ぎ声も大きくなる。股間をググッと迫りあげて、両手両足で朋彰の体にしがみついた。

「ゆ、許して……はあああッ」

おそらく、心に夫の顔を思い浮かべているのではないか。朝香は大粒の涙を流して謝罪しながら、朋彰の太幹を締めつけている。その結果、カリが膣壁にめりこみ、さらなる刺激を生み出した。

「あああッ、も、もう、わたし、ああああッ」

「お、俺もです、くおおおおッ」

猛烈に腰をたたきつけて、ペニスを全力で出し入れする。欲望にまかせて快楽を貪り、ついに最後の瞬間が訪れた。

「くううぅッ、で、出ますっ、ぬおおおおおおおおおッ！」

ペニスを根元まで埋めこんで、思いきり脈動させる。沸騰した精液が勢いよく尿道を駆け抜けて、亀頭の先端から噴きあがった。

「あああッ、あ、熱いっ、あああッ、はああああああああッ！」

朝香もよがり泣きを響かせる。朋彰の背中に爪を立てて、裸身を思いきり反り返らせた。膣が猛烈にうねり、太幹を奥へ奥へと引きこんでいく。結合が深まることで、愉悦がさらに大きくふくらんだ。

射精は延々とつづき、全身が小刻みに痙攣する。頭のなかがまっ白になり、やがて朋彰は力つきた。

4

ふたりの乱れた息づかいだけが響いている。

朝香は熟れた裸体をしどけなく横たえており、朋彰も裸のまま仰向けになっていた。

ここは夫婦の寝室だ。朝香にとっては大切な場所ではないか。はじまりは合意のうえだったが、途中からなかば無理やり抱いてしまった。夫の思い出が残っているであろうベッドで抱いたのだ。

（やっぱり、やばいよな……）

そう思うが、あの状況でやめることなど不可能だった。朝香の匂い立つような裸体を目にして、異常なほど興奮してしまった。

絶頂の余韻が冷めるほどに気まずくなってしまう。

逃げ出したい衝動に駆られるが、そんなことをすれば二度と来ることができなくなる。身体を重ねたことで、朝香がますます気になる存在になっていた。嫌われて別れるのはつらすぎる。

（なんとかしないと……）

額に汗がじんわり滲んでいる。

まずは失礼を詫《わ》びるべきだろうか。いや、欲望にまかせてセックスしておきながら、直後に謝罪するのもどうかと思う。とにかく、こちらからなにか話しかけるべきだ。

「あ、あの――」

「意外と強引なのね」

朋彰が口を開くと同時に、朝香がぽつりとつぶやいた。

驚いて隣を見ると、朝香は口もとに恥ずかしげな微笑を浮かべる。そして、毛布を裸体に巻きつけた。

「見ないで……」

つい先ほどまで激しく乱れていたのに、今は羞恥に頬を染めている。そんな彼女のギャップに胸を射貫《いぬ》かれた。

とにかく、怒っていないことでほっとする。強引にセックスしたが、朝香はそれほど気にしていなかった。いや、そんなはずはないが、今は考えないようにしているのかもしれない。

「山名くんのことだけど……」

またしても朝香のほうから切り出した。

「本気で捜すつもりなのね」

「たったひとりの兄ですから……」

朋彰は決意を胸につぶやいた。

すると、朝香は真意を探るように朋彰の目をじっと見つめる。朋彰も怯むことなく見つめ返した。

「わかったわ」

気持ちが伝わったのか、朝香は深く頷いた。

そして、サイドテーブルの引き出しを開けると、奥にしまってあるものを手に取った。

黒革の手帳だ。かなり使いこんであるらしく、表紙の革が色あせている。何度もページをめくったのか、紙がよれて厚みが出ていた。朝香はその手帳をすっと差し出した。

「これ、なんですか」

反射的に受け取ってしまうが、なにか秘密めいた手帳が恐ろしく感じた。

「夫が残した資料よ」

朝香は感情を押し殺したような声でつぶやく。そして、意を決したように語りはじめた。

「洋一郎さんは記録上は事故死ということになっているけど、わたしは違うと思っているの」

「どういうことですか」

言いたいことがわからずに聞き返す。すると、朝香は一拍置いてから再び口を開いた。

「なにごとにも慎重だったし、自殺をするような人でもなかったわ」

「じゃあ、旦那さんは……」

それ以上、聞いてはいけない気がする。思わず言葉を呑みこむが、朝香は静かに話しつづける。

「消されたのだと思う」

「け、消されたって……」

殺されたということだろうか。にわかに物騒な話になり、朋彰はそれ以上、なにも言えなくなった。

「洋一郎さんはマル暴の刑事だったの。職務上、敵はたくさんいるし、恨みを買うことも多かったはず」

マル暴とは、暴力団に関する事案を専門に取り扱う部署のことだ。組織犯罪対策部などがそれに当たる。洋一郎が日常的に身を危険にさらしていたのは想像に難くない。

「ビルから転落したとき、夫は警察手帳を携帯していなかった。たぶん、財布などといっしょに、犯人に奪われたのだと思う。とにかく警察手帳がなかったことで身元の確認が遅れて、当初は一般人の転落死として処理されてしまったの。刑事だとわかっていたら、初動捜査は違っていたはず」

朝香はいったん言葉を切ると、悔しげに下唇を噛んだ。

「再捜査をお願いしたけど、無駄だった。きっと初動捜査のミスを認めたくなかったのよ。警察はなによりメンツを大切にするから、よほどのことがない限り、自分たちの決定を覆すことはないわ」

本当に殺されたのだとしたら、あまりにもひどい話だ。

「洋一郎さんは亡くなる直前まで、ある組織のことを捜査していたわ。その手帳には、夫が独自に調べたことが記されているはずよ」

朝香の言葉を受けて、朋彰は受け取った手帳を見つめた。

「山名くんが追っている組織と同じかはわからないけど、捜す手がかりになるかもしれないわ」

「兄さんが追っている組織って……」

いったい、なんの話をしているのだろうか。朋彰が首を傾げると、朝香は小さく頷いて説明をはじめた。

「五年前、山名くんの恋人が交通事故で亡くなったの。山名くんは、その原因をずっと知りたがっているのよ」

「兄さんに恋人……交通事故……」

はじめて聞く話ばかりで混乱してしまう。

義人に恋人がいたことも、その人がすでに亡くなっていることも、まったく知らなかった。

「その恋人の死に、暴力団の息がかかった組織がからんでいるらしいの。山名くんは、最初からそう主張していたわ。でも、証拠は見つからず、記録上は交通事故ということになってしまった。山名くんが警察を辞めたのは、縛られずに調べるためだと思うわ」

朝香は慎重に言葉を選びながら話してくれた。

「兄さんは、どうして暴力団が関係していると思ったんですか」

「ごめんなさい。それはわからないわ。山名くん、詳しいことは話してくれないから……」

「そうですよね……」

全容はわからないが、とにかく衝撃的な事実だった。

少しずつ義人の行動が見えてきた。義人は生活安全部の所属だったので、暴力団にかかわることは、ほぼなかったのではないか。恋人の死に疑問を持っても、調査することはできない。

だから、義人はすべてを投げ打ち、警察を辞めてまで、恋人が亡くなった真相を究明しようとしている。隣の空き部屋にあった資料は、その組織に関するものだったのではないか。

朝香の夫と義人の恋人、ふたりの人間が亡くなっている。どちらにも同じ組織が関与しているのだろうか。

義人がそんな壮絶な人生を歩んできたとは、今の今まで知らなかった。なにもせずに荒れた生活を送っていたわけではない。義人の正義感はまったく枯れていなかった。むしろ熱く燃えあがり、恋人が亡くなった真実に迫ろうとしていた。

（結局、俺はなにもわかっていなかったんだ……）

愕然《がくぜん》としてしまう。

身を案じて捜していたが、落ちぶれた兄を心のどこかで許せない気持ちもあった。しかし、警察を辞めたのには深い理由があり、そのことを家族でもない朝香に教えられたのだ。

（あれ、待てよ……）

ふと疑問が湧きあがる。

どうして朝香はこれほど詳しいのだろうか。

夫の洋一郎はマル暴の刑事だったというから、いろいろ聞いたというのは想像がつく。しかし、朝香は義人のことも詳しく知っていた。弟の朋彰すら知らない情報ばかりだった。

それに、よくよく考えると、洋一郎が朝香に話したというのもおかしい気がする。身内といえども捜査情報は漏らさないはずだ。実際、義人は仕事の内容を朋彰にいっさい話さなかった。

「朝香さん、あなたはいったい――」

「その手帳だけど、ほかの人には見せないでね」

朋彰の言葉は、朝香の声にかき消された。

「夫が命がけで調べた大切なものだから」

「は、はい……」

朋彰は慌てて手帳をしっかり握りしめる。

はぐらかされた気がするが、言葉を呑みこんだ。今は朝香を問いただすより優先すべきことがある。

　大切な手帳を預かった。事故か他殺かはわからないが、洋一郎の形見であるのは間違いない。義人の隣室の資料と合わせて分析すれば、なにかが見えてくる気がした。

「俺、調べてみます」

　さっそく兄のアパートに向かおうと思って体を起こす。そのとき、腕を強くつかまれた。

「約束して……」

　一転して、情感のこもった声になっている。

　朋彰はドキリとして、ゆっくり振り返った。すると、朝香の澄んだ瞳には涙が滲んでいた。

「絶対に帰ってくる。そう約束して」

　切実な願いが胸に響く。

　朋彰に洋一郎の姿を重ねているのかもしれない。

　夫を亡くして、まだ二カ月しか経っていないのだ。そう簡単に忘れられるはずがない。

この美しい女性に、これ以上、悲しい思いをさせてはならない。朋彰は新たな決意を胸に力強く頷いた。

第四章　お礼は念入りに

1

朋彰は朝香の家を出ると、義人のアパートに向かった。

合鍵は持ち歩いている。鍵を開けて部屋に入るが、電気がとめられているため、まっ暗だ。車に常備してある懐中電灯を持ってくると、室内を照らしてチェックした。

前回、朋彰が訪れたときのままだ。義人が帰宅した気配はなかった。

それならばと簞笥を動かして壁の穴を通り、隣室に移動する。暗い場所は苦手だが、今は恐怖よりも使命感が勝っていた。

義人がなにを調べていたのかをつきとめる。そうすれば、必然的に義人の居場所がわかるはずだ。

もしかしたら、その過程で洋一郎の死因も判明するかもしれない。朝香が大切な手帳を朋彰に託したのは、そう考えてのことではないか。ふたりが追っていた組織が同じかもしれないのだ。

（でも、朝香さん……）

なにかを隠している気がする。

いろいろ教えてくれたが、まだほかにも胸に秘めていることがありそうだ。彼女の言動を思い返すと、そんな気がしてならない。だが、今はそれより、この部屋を調べることが先決だ。

懐中電灯で室内を照らし出す。数えきれないほどの資料が、壁を埋めつくしていた。

（それにしても、暑いな……）

とりあえず、カーテンと窓を開け放つ。とたんに青白い月光が射しこみ、よどんだ空気が外に流れ出た。

これで、まっ暗闇《くらやみ》ではなくなった。多少なりとも涼しくなり、前回のように脱水症状になることもないだろう。

まずは壁の資料をチェックしていく。

新聞や雑誌の切り抜きは、女性が交通事故で亡くなった記事だ。急に道路に飛び出したことでダンプカーに跳ねられて、即死だったらしい。おそらく、この女性が義人の恋人ではないか。

日付は五年前の八月になっている。もうすぐ命日だ。

恋人の命日までに解決したくて、義人はむきになっているのではないか。直感でしかないが、なんとなくそんな気がした。

新聞と雑誌の記事に隈なく目を通す。数社の新聞記事があったが、どれも似たようなものだ。白井亜紀《しらいあき》という女性が交通事故で亡くなり、その状況を淡々と書いてあるだけだった。

しかし、ある週刊誌の記事を目にしたとき、朋彰は思わず眉間に縦皺を刻みこんだ。

（これは……）

気になったのは、ダンプカーの運転手の証言だ。

「歩道を走っていた女の人が急に道路に飛び出したんだ。あんな動きをされたら避けられるはずがない」

前方の歩道を女性が走っていたという。ダンプカーと同じ進行方向で、女性の背中が見えていたらしい。

「走りながら何度もうしろを振り返っていたから、おかしいと思ったんだ。まるで、誰かに追われているみたいだった」

それが本当なら、ただの交通事故ではない。

しかし、複数の目撃者の証言によると、女性はひとりで走っていたが、追っている者はいなかったという。記事はダンプカーの運転手が言いわけをしているようなニュアンスで書いてあった。

確かに、運転手が自分のミスを正当化しようとした可能性はある。よそ見をしたり、居眠り運転をした結果、道路に飛び出した女性を跳ねてしまったのかもしれない。

（でも……）

追っ手の姿がなかったからといって、運転手の証言が嘘とは言いきれないのではないか。

追っ手は近くにいなかったが、女性はいずれ捕まると思って怯えていたのかもしれない。恐怖に駆られて注意力が散漫になり、ダンプカーが来ていることに気づかず、道路に飛び出した。まったくないとは言いきれない。

壁には事故現場と思われる写真が何枚も貼ってある。

義人が自分で撮影したのだろうか。写真の隅にボールペンで住所が書きこんであり、それが新聞記事の事故現場の住所と一致していた。

片側二車線で交通量はかなり多い感じだ。女性は信号のない場所で跳ねられたらしい。普通の感覚なら、この道路を渡ろうとは思わないはずだ。

（不自然だな……）

現場写真を見て、そう思った。

義人も違和感を覚えたのではないか。ただ単に恋人の死を受け入れられないだけではない。なにかあると感じたから調べはじめたのだ。

さらに周辺の建物の写真もたくさんある。写っている建物すべての情報が記されたメモもあった。住居なら住民の氏名、店舗なら店名と従業員の氏名、雑居ビルの場合も細かく情報が書いてある。

それだけでも膨大な量だ。恋人の死は、周辺の建物と関係があると考えたのだろうか。どこかに重要な情報があるかもしれない。すべてに目を通しているうちに、窓の外が白んできた。

しかし、まだなにもわからない。視点を変えてみようと、今度は洋一郎の手帳をチェックする。

マル暴の刑事だったので、指定暴力団や関係者の氏名、そういった連中がよく立ち寄る店など、様々なことがメモされている。だが、どれが義人の恋人や洋一郎の死に関係しているのかわからない。

（まさか、全部ってことはないよな）

心のなかでつぶやきながら、手帳のページをめくっていく。

そのとき「誠心ファイナンス」という文字が目に入った。美希が危ない目に遭ったヤミ金だ。

（あった……ついに見つけたぞ）

知っているワードが出たことで、全身の毛穴がいっせいに開いた。

思わず前のめりになって確認する。誠心ファイナンスは、三鬼《みき》興業という会社が経営しているらしい。そして、三鬼興業は指定暴力団のフロント企業だと記されていた。

さらに「磯貝」と書いてあり、赤いボールペンで囲ってある。しかも、何度もグルグルと円を描いていた。洋一郎は磯貝のことを調べていたらしい。義人も磯貝に目をつけていた。

共通点を発見したことで、大きく前進した気がする。

再び、義人が壁に貼った資料をチェックしていく。たくさん貼ってある写真のなかに磯貝を見つけた。

手帳には「売春」の文字もある。磯貝と指定暴力団の幹部の名前が併記してあり、強いつながりがあることもわかった。

誠心ファイナンスは法外な利息で儲《もう》けるだけではなく、いよいよ金を返せなくなった女性に売春をさせるのが手口だ。こうしている今も、被害に遭った女性は売春をやらされているのではないか。とにかく、暴力団の資金源になっているのは間違いない。

磯貝がいるところに、義人は現れるのではないか。

しかし、誠心ファイナンスは雑居ビルから消えてしまった。義人に襲われたことで、拠点をどこかに移したらしい。暴力団のフロント企業なら、同じことをくり返しているはずだ。

壁の資料をチェックしても、手帳を見てもわからない。いったい、どこに移動したのだろうか。

(どうやって見つけ出せば……)

途方に暮れて床に座りこんだ。

あたりには地図や雑誌が散らばっている。そのなかに、なぜかフォトスタンドもまざっていた。伏せてあるのを拾いあげる。義人と愛らしい女性が肩を寄せ合って写っていた。

（もしかして、この人が……）

フォトスタンドから写真を取り出して裏側を確認する。そこには「亜紀と伊豆《いず》にて」と書いてあった。

やはり、この女性が義人の恋人、白井亜紀だ。

ふたりとも満面の笑みを浮かべている。義人がこれほど楽しそうに笑うのを見たことがない。裏に書いてある日付は、五年前の七月になっている。事故が起きる一カ月ほど前に撮った写真だ。

（そういえば……）

ふと思い出す。

ずいぶん前、義人から「紹介したい人がいる」と言われたことがあった。あれは亜紀のことだったのではないか。家族に紹介するということは、結婚を考えていたのかもしれない。

しかし突然、義人は警察を辞めた。

事前に朋彰に相談することなく、報告を受けたときは、だらけた生活を送っていた。その衝撃があまりにも大きかったため、紹介したい人がいるという話があったこと自体、記憶から飛んでしまった。

(兄さん、こんなに笑ってるのに……)

写真を見直して、胸が締めつけられる。

弟の朋彰ですら、義人がこんなに幸せそうな顔をするのを知らなかった。恋人の前でだけ見せる特別な顔なのかもしれない。だが、この一カ月後、亜紀は帰らぬ人となった。

義人はすっかり人が変わり、朋彰は幻滅して距離を取った。

しかし、今にして思うと、義人はわざと嫌われるように振る舞っていたのではないか。朋彰を危険なことに巻きこみたくなくて、意識的に遠ざけようとしたのではないか。

――聞くだけ無駄よ。こういうとき、山名くんは絶対に行き先を言わないわ。わたしたちを巻きこみたくないから……。

朝香もそう言っていた。

義人は古いつき合いだという朝香にも、肝腎なことは話さないらしい。淋しげな表情が印象に残っている。

洋一郎と亜紀の死には、おそらく暴力団や磯貝がからんでいる。義人は復讐《ふくしゅう》を考えているのかもしれない。だから、巻きこまないようにするために、朋彰にも朝香にもいっさい相談しないのではないか。

(兄さん……)

ふと義人が磯貝を殴っていた光景が脳裏によみがえった。

いやな予感がする。人一倍正義感が強いだけに、そのぶん怒りが大きくなるのかもしれない。放っておけば、義人が犯罪者になる可能性もある。なんとしても、とめなければならない。

(でも、どうやって……)

どこにいるのかわからないのだ。

スマホを鳴らしても、義人は出てくれない。磯貝の居場所もわからないので、動きようがない。

八方塞がりの状態だ。警察に相談したところで、相手にしてくれるとは思えない。まだなにも起きていないのだ。

時刻は早朝の五時になろうとしている。

ひと晩中、寝ずに調べたが、解決策は見つからない。手帳も最後までチェックしたが、後半はよくわからない数字が羅列してあるだけだ。説明がないので、意味がわからなかった。

義人が動くのを待つしかないのだろうか。だが、それだと手遅れになる気がする。義人か磯貝のどちらかが、命を落とすのではないか。

「クソッ……」

思わず声に出してつぶやいた。

その直後、ポケットのなかのスマホが振動して、着信音を響かせる。こんな時間にいったい誰だろうか。取り出して確認すると、画面には「義人」と表示されていた。

（えっ……）

一瞬、自分の目を疑った。

まさか義人のほうから連絡してくるとは思いもしない。画面を見直すと、慌てて着信ボタンをタップした。

「もしもし、兄さんっ」

思わず声が大きくなる。

ところが、義人は返事をしない。代わりに「ふふっ」という嚙み殺したような笑い声が聞こえた。

(兄さんじゃない……)

とっさにそう思った。

言葉を発したわけではないが、義人の声ではないと確信する。朋彰は反射的に息を潜めて内心身構えた。

沈黙が流れる。

何者かが義人のスマホを使って、朋彰に電話をかけている。スマホを借りたのか、それとも奪ったのか。いずれにせよ、朋彰に電話をしておきながら無言なのは不自然だ。義人がどういう状態なのかが気になった。

「兄貴と女を預かっている」

聞き覚えのある男の声だ。左眉に傷痕《きずあと》がある、がっしりした男の姿が脳裏に浮かんだ。

「い、磯貝……」

スマホを持つ手に力が入り、思わず声が漏れた。

「俺の名前を知っているとは光栄だな」

磯貝は余裕たっぷりにつぶやき、喉の奥をククッと鳴らす。人の神経を逆撫でするような、いやな笑いかただ。

（磯貝が、どうして……）

朋彰は激しく困惑していた。

なぜ磯貝が電話をかけてきたのだろうか。朋彰はなにかにかかわっているわけではないし、そもそも状況を把握していない。身代金の要求でもするつもりだろうか。

「に、兄さんは、そこにいるのか……」

恐怖を押し殺して質問する。とにかく、無事を確認したかった。

「今のところは生きてるぞ」

「お、おい……兄さんに手を出したら……」

「警察に連絡したら、おまえの兄貴の命はないぞ。それに、水原の女も薬漬けにしてやる」

磯貝の脅し文句を聞いてはっとする。

女というのは、てっきり美希のことだと思っていた。しかし、磯貝は「水原の女」と言った。

(まさか、朝香さんが……)

美希ではなく朝香が囚《とら》われの身になっているらしい。どうして、そんなことになったのだろうか。

「女に聞いたぞ。おまえ、水原の手帳を持っているだろ。それを持ってきたら、こいつらを解放してやる」

磯貝が低い声で要求する。

先ほどのように笑っていない。真剣な声になっていた。水原の手帳とは、洋一郎が残した黒革の手帳のことに違いない。どうやら、手帳が目当てで朝香を拉致したようだ。そこまでして手に入れなければならないほど、重要なことが書いてあるのだろうか。

いずれにせよ、義人と朝香に危険が迫っているのは間違いない。

なにしろ、平気で人の命を奪うような連中だ。亜紀と洋一郎は、磯貝のせいで命を落とした可能性が高い。

「今から指定する場所に手帳を持ってこい」

磯貝が住所を口走る。朋彰は慌ててペンを取ると、近くに落ちていた紙切れにメモを取った。

「ひとりで来るんだぞ。下手な動きをしたら、兄貴の命はないと思え」

「ま、待て……兄さんの声を聞かせてくれ」

磯貝が電話を切りそうになったので、朋彰は慌てて食いさがる。

義人と朝香の無事が確認できなければ、自分がリスクを冒す意味はない。そも そも、本当に囚われているかもわからない。義人のスマホを奪っただけかもしれないのだ。

「疑い深いやつだな。ちょっと待ってろ」

磯貝はそう言ったあと、肉をたたくような鈍い音がした。

「ウグッ」

苦しげな呻き声が聞こえる。もしかしたら、義人が暴力を振るわれたのではないか。

「なにか言うんだ」

「と、朋彰……た、助けてくれ」

磯貝がうながすと、義人がかすれた声でつぶやいた。

「おまえもなにか言え」

またしても磯貝の声がして、頬を張るようなパンッという音がする。

「と、朋彰くん……」

朝香の声だ。恐怖で震えているのかもしれない。ひどくか弱い声だった。

(クソッ……どうなってるんだ)

怒りがこみあげて、思わず拳を握りしめる。

とにかく、義人と朝香を救い出さなければならない。この手帳は洋一郎が残した大切なものだが、ふたりの命には代えられない。

「わかった……今から持っていくから、ふたりには手を出すな」

「必ずひとりで来るんだぞ」

磯貝は念を押して電話を切る。朋彰は憤怒《ふんぬ》に全身を震わせながら、懸命に頭を回転させた。

2

車を運転して、指定された住所に向かっている。

今日は仕事だが、おそらく出勤できない。出発する前に、風邪で欠勤する旨をメールで上司に送った。

もうすぐ、午前六時になるところだ。道路はまだ空《す》いているが、交通量は少しずつ増えている。都心部まで車で通勤している人が多いのだろうか。

国道から脇道に入り、古い住宅街を抜けると、町工場が建ち並ぶ地域になる。静かな場所で、車も歩行者も見当たらない。そのままカーナビゲーションに従って進み、やがて磯貝に指定された場所に到着した。

(ここか……)

窓ごしに見ただけで、気持ちが重く沈んでしまう。

目の前にあるのは、かなり年季の入ったビルだ。五階建てだが、廃墟のように暗く、窓にひびが入っているのか、ところどころガムテープで補修してある。こんな怪しげなビルに、義人と朝香は監禁されているのだろうか。

(とにかく、行くしかない)

朋彰は気合を入れると、車を降りてビルに向かう。

周囲の工場はまだ稼働しておらず、人影はまったくない。なにかあって助けを呼んでも、誰も来てくれないのではないか。それに工場が動き出したら、機械の音で叫び声もかき消されてしまうかもしれない。

考えれば考えるほど不安になる。

それでも、逃げるわけにはいかない。黒革の手帳を握りしめて、ビルのなかに足を踏み入れた。

やけに静かで怖くなる。指定されたのは五階だ。エレベーターのボタンを押すが、反応しなかった。もしかしたら、廃ビルなのかもしれない。仕方なく隣にある階段をのぼりはじめた。

五階に到着すると、軽く息が切れていた。

階段をのぼったことよりも、恐怖と不安によるところが大きい。廊下の奥にあるドアから人の気配がする。深呼吸をして気持ちを落ち着かせると、ゆっくり歩を進めた。

曇りガラスのはまったドアで、なかの様子は確認できない。緊張しながらノックすると、いきなりドアが開け放たれた。チンピラがドアノブを握っており、顎をしゃくってなかに入るようにうながした。

「遅かったな」

奥にあるスチール机の向こうに、磯貝の姿があった。椅子にふんぞり返って座り、片頬に笑みを浮かべている。

震える膝を叱咤《しった》してなかに入ると、背後でドアがバタンッと閉まった。

室内には七人のチンピラがいて、リノリウムの床に義人と朝香が転がされている。それぞれ両手を背後で縛られていた。

「に、兄さん……朝香さん……」

朋彰は駆け寄りたいのをグッとこらえた。

隙を見せてはいけない。こちらには手帳がある。ここから無事に出られるかどうかは交渉しだいだ。

義人は唇の端から血を流しているが、大きな怪我はないようだ。朝香は不安げな顔をしているが、着衣に乱れはなかった。

室内にさっと視線をめぐらせる。奥のスチール机以外、家具類は折りたたみ式の椅子しかない。あとは床に角材やベニヤ板、ペンキの缶などが転がっているだけだ。

「なにもなくて驚いたか。今はまだ準備中だ」

磯貝が口を開いた。

「また、ここでヤミ金を……」

「人聞きが悪いな。金融業と言ってくれよ。おまえの兄貴がさっそく開店祝いに来てくれたんだが、こっちもバカじゃないんでね。人数を増やして待ち構えていたってわけだ」

「悪いな、朋彰……やられちまった」

倒れている義人が苦笑いを浮かべる。

どうやら、誠心ファイナンスがここに移転する情報をつかんで突撃したが、返り討ちにあったらしい。

「どうして、朝香さんまで……」

「美希を捕まえるつもりでキャバクラ帰りに尾行したら、その女の家にたどり着いたんだ。ちょうど探し物があったんでね。ここにお招きしたってわけだ」

磯貝の自慢げな口調が腹立たしい。

「ごめんなさい。美希ちゃんはなんとか逃がしたんだけど……」

朝香が申しわけなさそうな顔でつぶやいた。

「そろそろ本題に入ろうか。ふたりを解放してやるから、手帳をよこしな」

磯貝の口調が変わった。それと同時に、七人のチンピラたちの視線が朋彰にひとりに注がれた。

「その前に聞きたいことがある」

朋彰は勇気を出して切り出した。

「どういうことなのか教えてくれないか。どうしてこんなことになっているのか、さっぱりわからないんだ」

「めんどうなやつだな……」

磯貝は怪訝《けげん》な顔をするが、すぐに力を抜いてふっと笑う。そして、楽しげに語りはじめた。

「特別に教えてやる。五年前、ある男が借金をして返済がとどこおったんだ」

磯貝たちはその男の姉に返済を迫り、売春を強要したという。

その姉というのが、義人の恋人の亜紀だった。ところが亜紀は逃げ出して、途中でダンプカーに跳ねられて亡くなった。磯貝は目撃者に金を握らせて証拠を隠滅すると同時に、事務所もその日のうちに移転した。

亜希の死は単なる交通事故として処理された。しかし、義人は疑念を抱き、独自に調査をつづけていた。

その一方で、マル暴の刑事だった洋一郎は、誠心ファイナンスに潜入捜査をすることになった。うまく潜りこんで情報を収集したらしい。

「まさか、アイツがデカだったとはな」

「それがバレて、洋一郎さんは……」

朋彰がつぶやくと、磯貝は傷のついた左眉を吊りあげて笑った。

「サツにパクられるのなんて、どうってことない。サラ金なんてたいした罪にならないからな。そんなことより――」

磯貝は驚くべき事実を語り出した。

暴力団に納めるはずの上納金を、何年にもわたってごまかしていたという。上層部にバレたら命にかかわる。潜入した洋一郎にそのことを知られて焦り、部下に命じて殺害したという。

「やつはビルから突き落とされる寸前、手帳にすべて書いてあると言った」

その言葉でようやく理解する。手帳に記されていた数字は、ごまかした上納金の金額だ。

「その手帳と引きかえに、アイツは助かろうとしたんだ。情けないやつだ」

「くッ……」

朋彰は思わず奥歯を強く嚙んだ。

洋一郎の気持ちがわかる。愛する妻をひとり残して死ぬことはできないと考えたのだ。だから、大切な手帳を差し出しても助かりたかった。断じて情けない男などではない。

「俺は……復讐したかったんだ」

床に倒れている義人がつぶやいた。

恋人だけではなく、親友も失った。大切な人をふたりも奪った男を見つけ出して、復讐するつもりだったという。だが、磯貝はずる賢い男だ。居場所はすぐにつかんだが、決定的な証拠は見つからなかった。

洋一郎の葬儀は、磯貝たちが監視している可能性が高い。万が一にもつながりを知られないように、義人は遠巻きに眺めるだけで参列しなかった。そして、連中が朝香に危害を加えないか、見守っていたという。

(兄さん……)

落ちぶれた義人を軽蔑《けいべつ》したこともあったが、その裏には壮絶な決心があったのだ。ようやく義人の口から本心を聞くことができた。あとは、ここから無事に出ることが重要だ。

「今の会話は録音させてもらった」

朋彰はジャケットのポケットからスマホを取り出した。

録音状態にしてビルに入ったのだ。磯貝に悪事をしゃべらせて、それをネタに交渉を有利に進めるつもりだ。

「手帳は持ってきたんだろうな」

そう言われて、朋彰はポケットから手帳を出した。

「それがあれば問題ない。どっちにしろ、おまえたちには死んでもらう」

磯貝の目がギラリと光った。

朋彰は思わず義人と朝香に視線を向ける。ふたりは床にぐったりと横たわっていた。

手帳を渡しても、磯貝はふたりを解放する気などなかった。秘密をベラベラしゃべったのも、最初から始末するつもりだったからだ。このままでは、大切なふたりの命が奪われてしまう。

(それだけは、絶対に許さない……)

朋彰は拳をグッと握りしめた。

ふたりを助けるため、危険は覚悟のうえで呼び出しに応じたのだ。無駄死にするつもりはなかった。

「おいおい、やめておけ」

磯貝が小馬鹿にした笑みを浮かべた。

「おまえみたいなサラリーマンになにができる。おとなしく手帳を渡せば、楽に始末してやる。女は助けてやるよ。裏風俗で稼いでもらうがな」

その瞬間、朋彰のなかでなにかが壊れた。

こう見えても空手をかじったことがある。磯貝に向かって突進すると、スチール机を飛び越えて、顔面に足刀をたたきこんだ。

「ぐはッ……」

磯貝は椅子ごと背後にどっと倒れた。

一瞬のことでチンピラたちは反応できない。朋彰はチンピラを無視して磯貝にまたがると、怒りのまま拳を打ちおろした。

「こ、この……うぐッ、ぐふッ」

磯貝の抵抗は最初だけで、すぐに動かなくなる。すでに血まみれだが、それでも無言で何度も何度も顔面を殴りつづけた。

「もう、そのへんにしておけ」

背後から義人の声が聞こえた。

はっとして振り返ると、拘束がとけている。義人は小型ナイフを隠し持っており、いつでも逃げることができたのだ。七人のチンピラは全員倒れていた。義人が得意の空手で打ちのめしたらしい。

「に、兄さん、どうして……」

「これだよ」

義人は靴の踵に仕込んでいた小型ＩＣレコーダーを取り出した。磯貝の会話を録音するため、わざと捕まったのだという。

「おまえがうまく誘導して、悪事を告白させてくれたから助かった。こいつは完璧な証拠になるぞ」

「俺だって録音したのに……」

朋彰はポケットからスマホを出した。

「ぬおおおッ」

突然、磯貝が唸り声をあげて起きあがった。

とっくに気絶していると思って油断していた。朋彰のスマホと義人のＩＣレコーダーを奪うと、床に落として踏みつぶす。やっと手に入れた証拠が粉々に砕けてしまった。

「ぶっ殺してやる」

血まみれの磯貝が懐から短刀を取り出した。

やばいと思った直後、一陣の風が吹き抜けた。朝香が転がっていた角材を拾いあげて、磯貝の脳天を打ちすえたのだ。目にもとまらぬ早業とは、まさにこのことだ。その一撃で、磯貝は完全に意識を失って崩れ落ちた。

「あ、朝香さん……」

「黙っていて、ごめんね」

朝香がはにかんだ笑みを浮かべるが、朋彰はなにが起きたのかわからず固まっていた。

「じつは、朝香も元警察官なんだ」

義人が笑いながら説明する。

朝香と洋一郎、それに義人は警察学校の同期だった。そして、朝香と義人は生活安全部の同僚だったという。しかも、朝香は剣道の達人で、竹刀を持たせたら義人も敵《かな》わないというから驚きだ。

「はい、これね」

朝香は髪の毛のなかから小さなものを取り出して、義人に手渡した。小型ＩＣレコーダーだ。朝香も隠し持っていたのだ。

（ウソだろ……）

朋彰は呆気に取られて、言葉を発することもできなかった。

義人は朝香と協力して磯貝とチンピラたちを手早く縛りあげると、警察に連絡を入れた。

「朋彰、ありがとうな」

礼を言われても、素直に喜ぶことはできない。結局、いまだに状況を理解できていなかった。

「ちょ、ちょっと待ってよ。いつから……」

朋彰は困惑しながら質問する。

義人は磯貝に復讐するため、ずいぶん前から準備をしていたようだ。そこに朋彰も巻きこまれたというのはわかる。だが、一連の流れは、どこからはじまっていたのだろうか。

「まあ、しいて言うなら、洋一郎の葬儀の日だな」

あの日、義人に頼まれて車を出した。

近所に住んでいるのならともかく、わざわざ朋彰に連絡してきたのが不思議でならなかった。

「いざというときのための保険だよ。俺になにかあったら、きっとおまえが調べて、助けてくれると思ったんだ」

義人の口調は軽い。どこまで本気で言っているのかわからなかった。

「俺なんかに、兄さんを助けられるわけないだろ」

朋彰は呆《あき》れて答える。

幼いころの空手では、まるで義人に敵わなかった。勉強だって義人のほうがはるかにできた。腕っぷしも頭脳も、すべてにおいて義人が上だ。優秀な兄を持ったため、いつも劣等感に苛《さいな》まされていた。

「おまえは度胸があるからな。絶対にへこたれない力がある」

義人は相変わらず軽い口調で話しつづける。だが、目の奥に真剣な光が見え隠れしていた。

「なに言ってんだよ。結局、兄さんひとりでも大丈夫だったたじゃないか」

「今日はたまたま大丈夫だったが、どんなときでも逃げ道を確保しておくのが鉄則だ。俺は信じていたぞ。おまえが俺の切り札だったんだ」

そう言われて、胸にこみあげるものがあった。

兄弟だからこそわかる。義人は本気で信じていてくれたのだ。思わず涙腺《るいせん》が緩みそうになり、慌てて奥歯を食いしばった。

遠くでパトカーのサイレンが聞こえて、徐々に近づいてくる。長い一日になりそうな予感がした。

3

「まだ、むくれてるのね」

「むくれてませんよ」

つい口調が強くなってしまう。

「むくれてるじゃない」

朝香は微笑を浮かべていた。

朋彰がどんなに怒っても、年上の包容力で受けとめてくれる。だから、素直に感情を出すことができた。

一日中、警察で事情を聞かれて、解放されたのは夜だった。

義人とは警察署の前で別れた。今から美希のご機嫌を取るのだという。彼女は巻きこまれただけなので、フォローが大変だと嘆いていた。だが、そう言いつつも、どこか楽しげに見えたのは気のせいだろうか。

朋彰は朝香を家まで送った。

そして、誘われるままお邪魔すると、まずは仏壇に線香をあげた。朝香はずいぶん長く手を合わせていたが、洋一郎にどんな報告をしたのだろうか。

リビングに移動すると、朝香が手料理を作ると言い出した。一度は丁重に断ったが、簡単なものだからと引きさがらない。それならばとお願いすると、その前に朝香はシャワーをさっと浴びた。朋彰も勧められたが、すぐに帰るつもりなので遠慮した。

朝香の手料理は、じつに美味だった。冷蔵庫にあるもので作った肉野菜炒めと味噌汁《みそしる》、それに白いご飯だ。彼女は謙遜《けんそん》するが、家庭的な味で胸がほっこり温かくなった。

そして、今はソファに並んで座り、赤ワインを飲んでいる。

「朝香さんが、警察官だったなんて……」

自分だけなにも知らなかったことが、どうにも引っかかっていた。

「昔のことだもの。いちいち言う必要はないと思ったの」

六年前に洋一郎と結婚して退職したという。元警察官と言うと構える人が多いので、自分から口にすることはないらしい。

「でも、俺には言ってくれても……兄さんが警察官だったんだから、気にするわけないじゃないですか」

「なんとなく、タイミングを逃しちゃったから……ごめんね」

朝香の顔はほんのり桜色に染まっている。ワインを飲んで、いい感じに酔っていた。

「お詫びに……」

ワイングラスを置くと、朋彰の手をすっと握る。そして、潤んだ瞳でまっすぐ見つめた。

「二階に行きましょう」

「で、でも……」

朝香の言う「二階」とは、おそらく寝室のことだ。誘われるのはうれしいが、前回のこともあるので躊躇してしまう。

「いいんですか」

「朋彰くんがいたから解決できたのよ」

磯貝が捕まったことで、ひとつの区切りになったのかもしれない。朝香の表情は、どこかすっきりして見えた。

危機をともに乗り越えたことで、距離が一気に縮まったのは間違いない。朋彰は朝香と義人を守ろうとして必死だったし、朝香も剣道の腕前を発揮して助けてくれた。

見えない絆で結ばれた気がする。ただ、それが朝香と洋一郎の関係をうわまわるのかどうかはわからない。

「おかげで洋一郎さんも浮かばれるわ」

磯貝が悪事を告白する音声があるので、警察も再捜査をするはずだ。洋一郎の死は無駄ではなくなった。

「わたしも前を向いて、生きていかないと……」

朝香は自分に言い聞かせるようにつぶやいた。

「朋彰くん……わたしじゃ、いやかな」

「そ、そんなことないです。俺は、朝香さんがいいです」

思わず前のめりになって答える。すると、朝香はほっとしたような笑みを浮かべた。

「それじゃあ……」

手をしっかり握って立ちあがる。

朋彰も腰を浮かせると、手をつないだままリビングを出て二階に向かう。階段を一歩あがるたびに気分が盛りあがる。寝室に入ると、サイドスタンドの明かりをつけて抱き合った。

「朋彰くん……ンンっ」

朝香のほうから唇を重ねて、舌をヌルリッと挿し入れる。朋彰の口のなかを舐めまわすと、舌をからめとって吸いあげた。

（ああっ、最高だ……）

またキスできる日が来るとは思わなかった。

こうして舌をからめているだけで気分が盛りあがり、股間に血液が流れこんでいく。ペニスが疼いたと思ったら瞬く間にふくらみ、スラックスの前が大きなテントを張っていた。

「あ、あの……汗をかいてるから……」

唇を離して話しかける。

昨夜からシャワーを浴びていない。こんなことになるなら、さっき遠慮せずに浴びればよかった。動きっぱなしなので、かなり汗くさいはずだ。ところが、朝香は気にすることなく、首すじに唇を押し当てて、さらには舌先で愛《いと》おしげに舐めまわす。

「男の人の汗、嫌いじゃないわ」

むしろ好きなのかもしれない。朝香は朋彰の首すじに顔を埋めて、深呼吸をくり返した。

「く、くすぐったいです」

たまらず身をよじると、朝香はうれしそうな笑みを浮かべる。そして、朋彰の服を脱がしはじめた。

（ほ、本当にいいのか……）

いまだに迷いがある。

朋彰はもちろん大歓迎だが、朝香は亡夫を忘れられないのではないか。そんなことを考えているうちに上半身は裸になり、さらにはスラックスとボクサーブリーフを一気に膝までおろされた。

とたんに勃起した男根がブルンッと跳ねあがった。

「ああっ……」

朝香がため息にも似た声を漏らして、亀頭に熱い視線を注ぐ。しかし、まだ触れることなく、朋彰をベッドに導いて仰向けになるようにうながした。

そして、朝香も服を脱ぎはじめる。見られるのが恥ずかしいのか、ベッドに背中を向けてワンピースをおろしていく。ストッキングも脱ぐと、身にまとっているのは黒いブラジャーとパンティだけになった。

「あんまり見ないで……」

朝香は背中を向けたままつぶやいた。

やはり、朋彰の視線を感じているらしい。こちらを見ていないのに、恥じらって身をよじる。すると、くびれた腰の曲線が強調されて、ますます目を離せなくなった。

「恥ずかしい……」

朝香はそう言いながら、両手を背中にまわす。

期待をこめて、ホックをはずす瞬間を凝視する。肩紐を滑らせてブラジャーを取り去ると、今度はパンティに指をかけた。尻を突き出して前屈みになり、ゆっくりおろしていく。

（おおっ……）

むっちりした白い双臀が露になり、朋彰は思わず腹のなかで唸った。

朝香は片足ずつ持ちあげて、パンティをつま先から抜き取る。そして、裸体を抱きしめながら、おずおずと振り返った。

「やっぱり見てる」

甘くにらみつけるが、本気で怒っているわけではない。右手で乳房を、左手で股間を隠しながら、はにかんだ笑みを浮かべていた。

ベッドにあがると、朋彰の脚の間に入りこんで正座をする。お辞儀をするように上半身を倒して、両手を屹立したペニスの両側に添えた。

「朋彰くん、お疲れさま」

朝香がささやき、熱い吐息が亀頭を撫でる。それだけで期待がさらにふくらんで、先端から透明な汁が溢れ出した。

顔を斜めにすると、竿の側面に唇をそっと押し当てる。柔らかい唇の感触が心地よくて、体がピクッと反応した。さらにハーモニカを吹くように滑らせることで、甘い刺激がひろがった。

「うう っ……」

思わず呻き声が漏れてしまう。

すると朝香は舌を伸ばして、竿の表面をやさしく舐めはじめる。唾液を塗りつけては唇を滑らせることで、快感がより大きくなっていく。

「す、すごいです……ううッ」

腰の震えを抑えられない。我慢汁の量も増えており、亀頭はぐっしょり濡れていた。

「もうこんなに……はむンンっ」

朝香は興奮ぎみにつぶやき、亀頭をぱっくり咥えこんだ。

シャワーを浴びていないのに、構うことなく唇を竿に密着させる。さらに舌を這わせて、ねちっこく舐めまわす。蕩けるような快感がひろがり、腰の震えが大きくなった。

「くううッ、あ、朝香さんっ」

未亡人の口のなかは熱くて柔らかくて、どこまでもやさしい。

咥えられただけでも我慢汁がどんどん溢れているのに、朝香は首をゆったり振りはじめた。

「ンっ……ンっ……」

柔らかい唇で、ヌルリッ、ヌルリッと肉竿を擦られて、さらなる快感の波が押し寄せる。朋彰はとてもではないがじっとしていられず、大きく開いた両足を曲げたり伸ばしたりした。

「き、気持ちいい……うむッ」

朋彰が唸ると、朝香は首振りのスピードを加速させる。ジュポッ、ジュポッという唾液の弾ける音が響き、淫らな空気が濃くなった。

(朝香さんがこんなに……)

積極的にペニスをしゃぶられて、頭の芯まで痺れていく。

唇で太幹を擦るだけではない。舌先が尿道口やカリの裏側を這いまわり、さらなる快感がふくらんでいく。睾丸《こうがん》のなかのザーメンが沸騰して、両足がつま先までピンッとつっぱった。

「くううッ、そ、そんなにされたら……」

射精欲の波が押し寄せて、懸命に耐えながら訴える。

このまままつづけられたら暴発してしまう。しかし、その声を聞いて朝香は、猛烈にペニスを吸いはじめた。

「あむううッ」

肉棒を深く咥えて、上目遣いに朋彰の顔を見つめている。視線がからみ合うことで、ゾクゾクするような愉悦が湧きあがった。

「も、もうっ……うううッ」

朋彰がなにを言っても、朝香はフェラチオをやめようとしない。頬がぽっこりくぼむほどの吸茎で、瞬く間に追いこまれてしまう。

「あ、朝香さんっ……お、おれ、もうっ」

「あむうっ、出して……あふンっ、いっぱい出して」

朝香がペニスを咥えたまま、くぐもった声でうながす。言い終わるや、再び吸茎しながら首を振る。強烈な刺激がひろがり、朋彰の全身はガクガクと震えはじめた。

「おおおッ、そ、それ、くううッ、す、すごいっ」

本気で追いこむ首振りだ。唇と舌で刺激されて、さらに吸いあげられる。これ以上は我慢できない。両手でシーツを握りしめると、無意識のうちに股間を突きあげた。

「おおおおッ、で、出るっ、ぬおおおおおおおッ！」

ついに快感が爆発して、沸騰したザーメンが噴きあがる。同時に吸いあげられることで、魂まで放出するような愉悦が全身にひろがっていく。

射精している間も朝香は首を振り、ペニスを思いきり吸っている。そのため快感がいつまで経っても途切れず、朋彰は全身を仰け反らせたまま、絶頂の咆哮《ほうこう》をあげつづけた。

「ンっ……ンンっ」

朝香はペニスを口に含んだ状態で、ザーメンを一滴残らず飲みくだす。射精が終わっても首をゆったり振り、尿道に残っている精液まで吸い出した。

4

(さ、最高だ……)

朋彰は大の字になって呆けていた。

濃厚なフェラチオで精液を吸い出されて、頭の芯までジーンと痺れている。快感が全身の細胞を震わせており、身動きすることもできなかった。

「いっぱい出たね」

朝香は股間から顔をあげると、目を細めてつぶやいた。

先ほどまでしゃぶられていたペニスは、大量に射精したことで半分萎えた状態だ。それでも唾液でヌラつく太幹を指でシコシコ擦られて、新たな快感が湧きあがった。

「ううッ……ま、待ってください」

絶頂の余韻も冷めないまま刺激されると、くすぐったさが勝ってしまう。たまらず腰をよじるが、朝香はねちっこくしごきつづける。

「遠慮しなくていいのよ」

「で、でも、い、今は……うむッ」

朋彰が唸ると、朝香は身体を起こして股間にまたがった。

両膝をシーツにつけた騎乗位の体勢だ。華蜜で潤った割れ目を、半萎えのペニスの裏側に押し当てる。ヌチュッという蜜音とともに、陰唇の熱さと柔らかさが伝わった。

「ううッ、こ、これは……」

いわゆる素股と呼ばれる状態だ。

思わず首を持ちあげて股間に視線を向ける。すると、密着した朝香の股間の下から、亀頭の先端だけがチラリとのぞいていた。

「また硬くしてあげる……ンンっ」

朝香はそう言いながら、腰を前後に揺らしはじめる。女陰をペニスの裏側に擦りつけるのだ。愛蜜で濡れているため、ヌルヌル滑る感触が快感となり、瞬く間にひろがっていく。

（ま、まさか、朝香さんが、こんなことまで……）

朋彰は驚きを隠せず、腰を振る朝香を見あげていた。

大きな乳房を揺らしながら、女陰を男根に擦りつけている。白い下腹部が波打つさまが艶めかしい。漆黒の陰毛の下には、我慢汁と愛蜜にまみれた亀頭が見え隠れしていた。

「ううッ、そ、そんなに擦られたら……」

「ンっ……はンっ……硬くなってきたみたい」

朝香が息を乱しながらささやき、右手を股間に伸ばして竿を握る。そして、硬さを確かめるように、二、三回軽くしごいた。

「すごい……もう、大丈夫ね」

腰を少し浮かして、膣口を亀頭に押し当てる。そのまま尻をゆっくり落としこみ、ペニスを徐々に呑みこんでいく。

「おっ……おおっ」

朋彰は思わず唸り、全身を硬直させる。やがてペニスが根元まで女壺に収まると、いきなり強烈に締めつけられた。

「くううッ、こ、これは……」

「ああッ、す、すごいっ、はああああッ」

朝香は顎を跳ねあげて、艶めかしい喘ぎ声を響かせる。両手を朋彰の腹についた状態で、背中を思いきり反らして痙攣した。

「もしかして、もう……」

挿入しただけで、軽い絶頂に達したらしい。

朋彰に愛撫を施しているうちに、自分も限界近くまで高まっていたようだ。そこにペニスを受け入れたことで、一気に昇りつめたに違いない。膣道がキュウッと収縮して、太幹をこれでもかと締めつけた。

「ううっ……朝香さんのなか、トロトロになってますよ」

「ああンっ、い、言わないで……」

朝香はかすれた声でつぶやき、腰を振りはじめる。

まずはゆったりまわして、女壺と男根をなじませていく。愛蜜と我慢汁が充分にまざったところで、両膝を立てて尻を上下に弾ませる。ペニスが蜜壺に出入りして、すぐに快感が湧き起こった。

「あっ……あっ……」

半開きになった朝香の唇から、甘い声が溢れ出す。

美麗な未亡人が下肢をM字形に開いて、欲望のまま快楽を貪っている。大きな乳房がタプタプ揺れており、先端に鎮座する乳首はとがり勃っていた。

「くうぅッ」

朋彰もこらえきれない呻き声を漏らす。

両手を伸ばして乳房を揉みあげて、乳首を指先で摘まみあげる。クリクリと転がせば、それに連動して膣の締まりが強くなった。

「ああッ、い、いいっ」

「お、俺も、気持ちいいですっ」

見つめ合って言葉を交わすと、一体感が強くなる。愛しさがこみあげて、ますます感度があがっていく。

「ああッ、朋彰くん、あああッ」

朝香の腰の振りかたが激しくなる。熟れたヒップをリズミカルに打ちつけて、男根を何度も奥まで迎え入れる。亀頭が子宮口に到達するたび、膣道全体がウネウネと波打った。

「ううッ、し、締まるっ」

鮮烈な快感が股間からの脳天に突き抜ける。

先ほどフェラチオで射精していなかったら耐えられなかったかもしれない。それほど大きな快感が全身にひろがっている。

「わ、わたし、もう……あああッ、もうっ」

朝香は腹に置いていた両手を胸板に移動させて、指先で朋彰の乳首をいじり出す。やさしく転がすことで、こらえていた快感が一気にふくれあがった。

「そ、そこは……くうううッ」

膣に埋めこんだペニスがビクンッと跳ねあがる。乳首への刺激が伝わり、我慢汁がどっと溢れ出した。

「ああッ、なかで動いて……はあああッ」

朝香の腰の動きが加速する。ヒップを持ちあげては勢いよく打ちおろし、自ら子宮口を亀頭にぶつけはじめた。

「ああッ、ああッ、届いてるっ」

「おおおおッ、は、激しいっ、おおおおおッ」

ふたりの声が大きくなり、寝室の空気を震わせる。

朝香は尻を上下に振り立てて、朋彰は真下から股間を突きあげた。ふたりの動きが一致することで、快感はより大きくなっていく。遠くに絶頂の大波が見えたと思ったら、轟音《ごうおん》を響かせながら押し寄せた。

「ああぁッ、い、いいっ、ああああッ」

「も、もうダメだっ、おおおおッ」

ペニスが深く突き刺さり、女体が大きく仰け反った。次の瞬間、精液が勢いよく噴きあがる。

「おおおおッ、で、出るっ、出る出るっ、くおおおおおおおおッ！」

「はああッ、い、いいっ、イクッ、イクイクッ、あぁあああああッ！」

朝香もほぼ同時に昇りつめる。膣奥でザーメンを受けとめて、熟れた裸体をガクガクと震わせた。

「ああンっ、と、朋彰くん……」

アクメに達しながら朝香が覆いかぶさる。唇を重ねて舌をからませると、より絶頂感が深まった。

「あ、朝香さん……うむっ」

凄まじい快感の嵐が吹き荒れている。

朋彰は下から両手をまわして、朝香の身体をしっかり抱きしめた。もう、放したくない。できることなら、この瞬間が永遠につづいてほしい。絶頂の快楽にまみれながら切に願う。

だが、この愉悦が長くつづかないことも知っている。

幸せすぎて怖くなる。夢の時間が終わりを告げて冷静になったとき、どんな感情が湧きあがるのだろうか。

せめて今だけは快楽に浸っていたい。ふたりは深く〳〵舌をからめて、消えていく絶頂の余韻を追いかけた。

第五章　一周忌のあとで

1

一周忌の法要はとどこおりなく終わった。

ここまでひどく長かったような、それでいながら、ほんの一瞬の出来事だったた気もする一年だった。

朋彰は寺の駐車場で青空を見あげ、小さく息を吐き出した。

日射しが強く、じっとしていても汗ばむ陽気だ。思い返すと、一年前の葬儀の日も、確かこんな天気だった。

ようやく、ひと区切りついた。これから、自分たちにはどんな未来が待っているのだろうか。

「あっ、ひとりで格好つけてる人がいる」

からかう声が聞こえて振り返る。すると、そこには黒のツーピースに身を包んだ美希が立っていた。

愛らしい顔にいたずらっぽい笑みが浮かんでいる。マロンブラウンの髪は大きくカールしており、どう見ても夜の匂いがプンプンする。キャバクラが性に合っているようで、当分つづけるつもりらしい。

「さてと、飯でも食いに行くか」

義人が黒ネクタイを緩めながら現れた。

相変わらず無精髭を生やしているが、目の光は戻っている。じつは本格的に探偵業をはじめたのだ。とはいえ、依頼があるのは行方不明になったペットの捜索や、浮気調査がほとんどだという。それでもいきいきしているので、朋彰は安心していた。

アパートは取り壊されて、義人と美希は賃貸マンションで同棲している。美希の猛アタックに押しきられる形で交際をはじめたのだ。仲よく暮らしているふたりを見ていると、昨年のことが夢だったような気がしてくる。

磯貝とその周辺の連中は警察に捕まった。

公にはなっていないが、人権を無視した過酷な取り調べを受けたという。警察官を殺した磯貝が、まともに扱われるはずがない。すべてを認めるから早くぶちこんでくれと懇願したらしい。

しかし、収監されたからといって、磯貝に安息は訪れない。じつは洋一郎の手帳をコピーしておいたのだ。ごまかした上納金が書いてあるページを、匿名で暴力団事務所に送りつけた。刑務所には暴力団の関係者も収監されている。磯貝はいずれ事故死することになるかもしれない。

磯貝に売春をさせられていた女性たちも保護された。

そのなかに義人の恋人だった亜紀を知っている女性がいた。亜紀はいっしょに捕らえられていた女性たちを逃がしたという。そのため、自分が逃げ遅れて交通事故に遭ったのだ。亜紀の死は無駄ではなかった。それだけが、せめてもの救いだった。

「お待たせしました」

朝香が駐車場にやってきた。

黒髪を結いあげて、黒紋付に身を包んでいる。僧侶がお経をあげている最中は涙も見せていたが、いまはどこかすっきりした表情になっていた。

「おう、来たか。飯、食いに行こうぜ」

義人が声をかける。無駄にうるさいのは、朝香を元気づけたいからだ。ところが、美希がすぐに割って入った。

「ちょっと、義人さん、よけいなことしなくていいんだって」

「よけいなことってなんだよ」

「もう、鈍感なんだから」

美希は背伸びをすると、義人の耳に口を寄せた。

「えっ、いつからだよ。おい、朋彰っ、聞いてないぞ」

義人が大きな声で騒ぎ出す。しかし、美希に背中を押されて、自分の車の運転席に乗せられた。

「朋彰さん、朝香さん、今度いっしょにご飯行こうね」

美希は大きく手を振ると、車の助手席に乗りこんだ。

車内でなにやら言い争う声が聞こえたが、やがて義人は不服そうな顔をしながらも手を振って走り去った。助手席の美希が満面の笑みを浮かべていたのが印象的だった。

「山名くんに報告してなかったのね」

義人の車を見送ると、朝香が呆れたようにつぶやいた。

「なんか言いづらくて……まったく気づいてないから」

朋彰が答えれば、朝香は楽しげに目を細める。

「そうね。山名くん、そういうところ鈍いから」

ふたりは思わず顔を見合わせて笑った。

昨年から交際していたが、義人には報告していなかった。なにか聞かれたら正直に答えるつもりでいた。しかし、美希と四人で食事をすることも何回かあったのに、義人は気づかないままだった。

「あれで暴力団をつぶすつもりなんだから、不安になるわよね」

「えっ、そんなこと言ってるんですか」

「言ってはいないけど、見ていたらわかるじゃない」

朝香が呆れながらも説明してくれる。どうやら、義人は磯貝と関係のあった暴力団の壊滅を企《たくら》んでいるらしい。

「そんなこと考えてたんだ……」

「言葉の端々からわかるじゃない。きっと美希ちゃんも気づいているわよ」

そう言われて、少なからずショックを受ける。

あの一件は、すべて終わったものだと思っていた。だが、考えてみれば磯貝はフロント企業の一員にすぎない。本体である暴力団をつぶさなければ、同じことがくり返される。義人はそれを防ごうとしているのだ。

「まったく、あなたたち兄弟は優秀なのに、どこか抜けてるのよね」

朝香は微笑を浮かべて、やさしげな瞳を向ける。朋彰は急に照れくさくなって視線をそらした。

「俺たちも、そろそろ帰りましょうか」

「そうね。帰りましょう」

朋彰が助手席のドアを開けると、朝香はうれしそうに乗りこんだ。

悲劇の記憶は消えることはないが、一周忌がひとつの区切りになるはずだ。思い返すと、あっという間の一年だった。

2

「今日から、ここが朝香さんの家だよ」

朋彰はそう言って、朝香をリビングに迎え入れた。

これまで朋彰が住んでいた賃貸マンションで、いっしょに暮らすことになっていた。すでに交際していたが、気持ちの整理をする時間も必要だった。けじめとして、一周忌が終わるまで待ちつづけた。

朝香がここに来るのは、はじめてではない。何回か招いたことはあるが、今日は特別な気分だ。

「よろしくお願いします」

朝香はあらたまって腰を折り、深々と頭をさげた。

黒紋付で髪を結いあげているため、白いうなじが剝き出しになっている。垂れかかる後れ毛が色っぽくて、思わず生唾を飲みこんだ。

「こ、こちらこそ、よろしくお願いします」

朋彰も慌てて頭をさげる。

ついにこの日が来たと思うと感慨深い。いろいろあったが、結果としてよかったと思う。最高に素敵な人と出会うことができた。そんなことを考えていると愛しさがこみあげて、胸が熱くなってしまう。

「朝香さん……」

思わず強く抱きしめる。首すじに顔を埋めて、白い肌に唇を押し当てた。

「あンっ、ダメよ。汗をかいたから……」

朝香が小さな声を漏らして身をよじる。

「大丈夫だよ。朝香さんの汗なら大好きだから」

首すじに口づけの雨を降らせて、徐々にうなじへと移動する。うっすら汗ばんでしょっぱいのが、よけいに興奮をかき立てた。

「あっ、ま、待って……あンっ」

白いうなじを後れ毛ごと舐めまわすと、朝香はクネクネと身をよじる。反応してくれるのがうれしくて、ますます柔肌に吸いついた。

「ああンっ……本当にダメ」

朝香が本気で胸板を押し返す。

汗のにおいが、どうしても気になるらしい。朋彰の汗は悦んで舐めるのに、自分の汗は許せないようだ。少し残念な気もするが、そんなところも女性らしくて好感が持てた。

「つづきは、シャワーを浴びてからね」

朝香はそう言って、バスルームに向かった。

ひとりリビングに残された朋彰は、いったんソファに腰かけた。リモコンを手に取り、テレビをつけてみる。適当にチャンネルを変えるが、とくに見たい番組はやっていなかった。

（そんなことより……）

朝香が気になって仕方ない。

喪服を脱ぐのは時間がかかりそうだ。そろそろ、シャワーを浴びているころだろうか。

うなじにキスをしたことで、股間が思いきり張りつめている。ペニスがこれ以上ないほど勃起していた。今日からずっといっしょにいるのだから、焦ることはない。でも、今すぐひとつになりたい。

（もう、ダメだ……）

朋彰は興奮を抑えきれず、バスルームに向かった。

脱衣所をのぞくと、すでに朝香の姿はない。曇りガラスごしに湯の弾ける音が響いており、肌色の女体が蠢いているのが見える。

（ああっ、朝香さん……）

急いで服を脱ぎ捨てると、バスルームのドアを開けた。

「えっ……」

こちらに背中を向けていた朝香が、はっとして振り返る。

シャワーヘッドは壁のフックにかけてあり、降り注ぐ湯を首から胸もとにかけて浴びていた。黒髪は結いあげてあり、白いうなじが剝き出しだ。突然、朋彰が入ってきたことで、怯えたように肩をすくめていた。

「びっくりするじゃない……」

甘くにらみつけるが、口もとには笑みが浮かんでいる。

もしかしたら、朝香も期待していたのではないか。そんなことを思いながら歩み寄り、背中からそっと抱きしめた。

「我慢できなくなっちゃったよ」

「ああンっ、シャワーを浴びてからって言ったのに……」

朋彰が耳もとでささやけば、朝香はため息にも似た声を漏らす。

勃起したペニスが、ちょうど臀裂にはまっていた。柔らかい尻たぶに挟まれるのが気持ちいい。思わず腰をグッと押しつけると、朝香は楽しげに、くすぐったそうに身をよじった。

「もう……仕方ないわね」

そう言って許してくれるから、なおさら欲望を抑えられなくなる。両腕を前にまわして、たっぷりした乳房を揉みあげた。

「あンっ、まだ洗ってないの……」

「それなら、俺が洗ってあげるよ」

壁のカランをまわしてシャワーをとめると、ボディソープを手に取ってよく泡立てる。その手を乳房にそっと重ねて、曲線に沿って撫でまわす。

「あっ、そんな洗いかた……」

朝香の身体が小さく揺れた。

抗議するようにつぶやくが、されるがままになっている。だから、朋彰はそのまま乳房を撫でつづける。ヌルヌルと滑る感触が心地よくて、うっとりしてしまう。やがて手のひらに触れる乳首がぷっくりふくらんだ。

「あンっ……」

朝香の唇から甘い声が溢れ出す。

硬くなった乳首が泡だらけの手のひらで擦れるたび、女体に小刻みな震えが走る。刺激を受けることでますます充血して、乳輪まで物欲しげにふくらんだ。そこを撫でることで、さらに感度があがっていく。

「あっ……あンっ……」

たまらなそうな声がバスルームの壁に反響する。

朝香が感じているのは間違いない。早くもせつなげに腰をよじり、内腿をもじもじと擦り合わせている。そんな反応をされると、もっと感じさせたくなってしまう。朋彰は泡の滑りを利用して、乳房を執拗に撫でつづけた。

「乳首、すごく硬くなってますよ」

「だ、だって、そこばっかり……ああンっ」

朝香が濡れた瞳で振り返る。

半開きの唇が色っぽくて、すかさず吸いついた。柔らかい唇を舐めると、舌を口内にヌルリッと挿し入れる。歯茎や頬の内側をじっくりしゃぶり、舌先で上顎をくすぐった。

「あふっ……あむンっ」

朝香は吐息を漏らしながら舌を吸ってくれる。

互いの唾液を味わい、舌を深くからませることで、ますます気分が盛りあがってくる。

その間も、もちろん朋彰は乳房を撫でている。指先で双つの乳首を摘まみあげれば、ボディソープでヌルッと滑って逃げてしまう。それがまた快感となるらしく、くびれた腰が悩ましく揺れた。

「はあンっ、も、もう、そこはダメぇ」

朝香は甘えるように言うと、ボディソープを手に取って泡立てる。そして、尻の割れ目に当たっているペニスをそっとつかんだ。

「うっ……」

指が巻きついたとたん、ヌルリッと滑って快感が走り抜ける。思わず声が漏れて、腰にブルルッと震えがひろがった。

「こんなに硬くして……気持ちいいのね」

ゆったり擦られると、さらなる快感が押し寄せる。ペニスがすべて泡で包まれて、蕩けるような感覚がふくらんだ。

「くうッ……き、気持ちいいです」

黙っていることができずに快感を訴える。すると、朝香は気をよくしたのか指の動きを加速させた。

「ちょ、ちょっと……」

「もっと気持ちよくしてあげる」

カリの段差を集中的にヌルヌルと擦られる。くすぐったさをともなう快感が湧きあがり、先端から我慢汁が溢れ出す。朋彰も反撃とばかりに、彼女の乳首を転がした。

「あンっ、そこはダメ、ああンっ」

「そ、そんなに擦られたら……うぅッ」

ふたりの声が交錯して、ますます気分が高揚する。相手が感じているとわかるから、自然と愛撫に熱が入った。

「朝香さん、こっちを向いてください」

向かい合って視線を重ねると、愛しさが胸にこみあげる。思わず抱きしめれば、身体についた泡がヌルリッと滑った。

「あンっ、これも気持ちいい……」

朝香も両手を朋彰の背中にまわして、意識的に裸体を擦りつけた。

大きな乳房と胸板が密着する。さらに押しつければ、プニュッとひしゃげて泡で滑った。ペニスも恥丘で圧迫されており、甘い感覚がひろがっている。やさしく押されるたび、我慢汁が溢れ出した。

「ああンっ……なんか、すごいね」

「どうせなら、もっと……」

朋彰はボディソープを追加して、自分の胸板と彼女の乳房に塗りたくる。その状態で抱き合って口づけを交わせば、淫らな気分が盛りあがり、呼吸がどんどん乱れてくる。

「ンンっ……はンンっ」

「うむっ」

泡だらけの身体を擦り合わせて、舌をからませる。唾液を交換すると胸が熱くなり、心まで蕩けるようだ。全身の感度がさらにあがって、ふたりは同時に腰をくねらせた。

次の瞬間、ペニスが朝香の内腿に入りこんだ。股に挟まれた状態で、竿の上側が女陰にぴったり触れていた。

「ううっ、こ、これは……」

思いがけない形になったが、これはこれで気持ちいい。試しに腰をゆっくり前後に振ってみる。すると、泡が付着した竿がスムーズに動いた。

「ああンっ、擦れてるわ」

朝香が甘い声を漏らして、内腿をキュッと締めつける。

女陰が擦れる刺激に身体が反応しているらしい。女陰の狭間から熱い蜜汁が溢れて、竿を濡らしていくのがわかった。

「こ、これ、ううッ、気持ちいいっ」

「あっ、ダ、ダメっ、ああっ」

朝香の声が大きくなる。

予想外のことに狼狽《ろうばい》しながらも感じているのは間違いない。ペニスを動かすほど、内腿を強く締めつける。女陰から溢れる華蜜がどんどん増えて、竿がさらに濡れていく。

「ああッ、こ、こんなのって……」

「くうぅッ、我慢できなくなってきました」

ペニスはこれ以上ないほど硬く勃起している。女陰で擦られるのは気持ちいいが、それだけでは満足できない。一刻も早く女壺のなかに入りたくて、涎《よだれ》をダラダラと垂らしていた。

「わたしも、もう……」

我慢できなくなっているのは朝香も同じだ。

瞳はしっとり濡れており、眉を八の字に歪めている。熱い肉棒で女陰を擦られて、熟れた裸体をしきりによじらせていた。

「朋彰くん……ほしいの」

ついに朝香が男根を求めた。

偶然だったが、素股で焦らされて、耐えられなくなったらしい。自ら背中を向けて両手を壁につくと、むっちりした尻を突き出した。

3

シャワーでふたりの身体についた泡を流すと、尻たぶに両手をあてがって臀裂を割り開いた。

（おおっ……）

濡れそぼった女陰を目にして、思わず腹のなかで唸った。

興奮の度合を示すように赤く充血しており、まるで新鮮な赤貝のように蠢いていた。こうして見つめている間にも、陰唇の狭間から新たな華蜜がジクジクと湧き出している。

「ああっ、は、早く……」

朝香がかすれた声でうながして、尻を左右に揺らしはじめた。

腰を反らしているため、身体の艶めかしい曲線が強調されている。くびれた腰が色っぽくて、牡の欲望がますます煽られた。

「で、では……挿れますよ」

そそり勃った肉刀の切っ先を割れ目に近づける。軽く押し当てただけで、愛蜜がクチュッと溢れ出した。

「ううっ……」

亀頭を埋めこむと、さらに太幹を押し進める。

「あぁッ、お、大きいっ」

朝香は背中を弓なりに反らして、ペニスを受け入れていく。根元までズンッと入ると、さらに尻を突き出した。

「あああッ、お、奥……奥まで来てる」

「す、すごく、締まってますよ」

朋彰は熱い媚肉の感触に酔いながら語りかける。

思いきり腰を振りたいところだが、一秒でも長くつながっていたい。すぐには動かず、根元まで挿入した状態で彼女の背中に覆いかぶさった。

「朝香さんのなか、熱くて柔らかくて、すごく気持ちいいです」

耳もとでささやきかけて、うなじに口づけする。

「あンっ……恥ずかしい」

朝香はくすぐったそうに肩をすくめて、裸身をぶるるっと震わせた。

「うれしそうに俺のチ×ポを締めつけてます」

「言わないで……ああンっ」

声をかけると、女壺がさらに締まる。

意識することで、身体が反応するのかもしれない。膣襞が蠢いて竿にからみつき、膣口が根元を絞りあげた。

「くううぅッ」

まだ動いていないのに、快感がどんどん大きくなっている。

このままだと、すぐに暴発してしまう。自分だけ先に達するのは格好悪い。こうなったら、朝香を先に絶頂させるしかない。

（よ、よし……）

朋彰は気合を入れると、尻の筋肉に力をこめる。理性を総動員して射精欲を抑えこみ、腰をゆっくり振りはじめた。

「あっ……あっ……」

朝香の喘ぎ声がバスルームに響きわたる。

高まっているのは彼女も同じだ。ペニスが出入りして、敏感な膣壁を擦りあげる。女壺が反応してうねり、締まりがどんどん強くなってくる。

「ううッ……ううッ」

射精欲に耐えながらなので、ピストンスピードはあげられない。だが、結果として、それが焦らすような刺激となっていた。

「あンっ、ああンっ、いじわるしないで……」

朝香が腰をくねらせてつぶやくが、朋彰はスローペースのピストンをつづけている。いじわるをしているわけではない。ただ、できるだけ長くひとつでいたいだけだ。

「あ、朝香さん……す、好きです」

ふくれあがる想いが、自然と言葉になって溢れ出す。

気持ちを口に出したことで、ますます愛しさが募っていく。熟れ尻を抱えて腰を振りながら、こうしてひとつになれた幸せを嚙みしめる。

「誰かをこんなに好きになるの、はじめてなんです」

「ああンっ、と、朋彰くん……」

朝香が振り返り、喘ぎながら尻を突き出した。

「わ、わたしも……朋彰くんのことが好きよ」

こうして互いの気持ちを言葉で確認するのは、これがはじめてだ。惹かれ合っているのはわかっていたが、出会った経緯が特殊だったため、普通の恋人同士のように愛をささやき合う機会がなかった。ようやく、いっしょになれた気がして、熱いものが胸にこみあげた。

「朝香さん、ありがとうございます」

鼻の奥がツーンとしている。まずいと思った直後、涙腺が緩んで涙が溢れ出してしまった。

「ああっ、朋彰くん……うれしい」

いつしか朝香も涙を流していた。

女壺で太幹を締めつけながら、心を通わせた感激に浸っている。ピストンスピードは変わらないが、膣のうねりは大きくなっていた。

「あぁンっ、も、もうっ……」

朝香の声が切羽つまっている。

長持ちさせるための低速ピストンが、はからずも彼女の理性を揺さぶり、絶頂へ誘《いざな》おうとしていた。

「イ、イッていいですよ……」

朋彰は懸命に快感をこらえて腰を振る。

とにかく、先に彼女を絶頂に追いあげたい。そうすれば、あとはじっくり楽しめる。くびれた腰をつかみ、ペニスをスローペースで出し入れして、カリで膣壁を擦りあげた。

「ああアッ、も、もうダメっ」

朝香が訴えて、バスルームの壁に爪を立てる。右の頬を壁に押し当てると、尻をグッと後方に突き出した。

「はううッ、も、もうっ、イクッ、あああッ、イクうううッ！」

絶頂の声を響かせて朝香が昇りつめる。尻たぶがブルブル震えて、深く突き刺さったペニスを締めつけた。

「うむッ……」

我慢汁がどっと溢れたが、ギリギリのところで射精はこらえる。それでも気を抜くと、一気に押し流されそうだ。ペニスを根元まで挿入したまま、射精欲が小さくなるのをじっと待った。

「どうしたの……」

朝香が不安げな声で尋ねる。

自分だけ達したのが気になるらしい。呼吸を乱しながら振り返り、朋彰の顔を見つめる。

「もしかして、気持ちよくなかったの……」

「いえ、すごく気持ちいいです。できるだけ長くひとつになっていたくて、我慢したんです」

正直に打ち明けると、朝香はほっとして小さく息を吐き出した。

「これからいくらでも……」

「そうなんですけど、今日は記念日ですから」

ついにふたりの生活がスタートした。そんな記念日にあっさり終わってしまうのは、もったいない気がした。

「それなら……」

朝香は濡れた瞳で見つめて、焦れたように腰をよじった。

ペニスを挿入したままなので、またしても膣が疼き出したらしい。新たな愛蜜が分泌されて、結合部分はぐっしょり濡れていた。

（つづけてもいいけど……）

どうせなら体位を変えたい。

朋彰はいったんペニスを引き抜くと、朝香の身体をこちらに向けて壁に寄りかからせる。右手で彼女の左脚を抱えこんで股を開かせると、正面からペニスの先端を女陰にあてがった。

「ンンっ、立ったままなんて……」

朝香は困惑の声を漏らすが、膣口は簡単に亀頭を迎え入れる。軽く押しただけでヌルリッと咥えこみ、すぐにカリ首を締めつけた。

「一度、こういうのをやってみたかったんです」

立位での挿入はこれがはじめてだ。朋彰は慎重に腰を突きあげて、ペニスを根元まで埋めこんだ。

「あううッ、先っぽが……」

朝香は眉を歪めて喘ぐと、自分の臍《へそ》のすぐ下に右手をあてがった。ペニスの先端がそこまで来ているらしい。膣襞がウネウネと蠢いて、亀頭と太幹を刺激している。

「ううッ、す、すごい……」

すぐに快感の波が襲ってくる。朋彰は奥歯を食いしばりながら、さっそく腰を振りはじめた。

真下から突きあげる感じになるので、これまでとは勝手が違う。腰を引きすぎると、亀頭がすぐに抜けてしまいそうだ。慣れていないので大きく動くことができず、先端で奥をかきまわすような感じになってしまう。

それでも、朝香は切れぎれの声で喘いでくれる。その反応に勇気をもらい、懸命に腰を振りつづけた。

「あっ……あっ……」

「こ、これで大丈夫ですか」

「え、ええ……あンっ、奥に当たってる……ああンっ」

ペニスを突きあげるたび、大きな乳房がタプンッと弾む。亀頭が子宮口をたたく衝撃が伝わっているのかもしれない。強すぎるかと思ったが、朝香は艶めかしく腰をくねらせていた。

「ね、ねえ……」

朝香は両手を伸ばして、朋彰の首にまわす。そして、顎をほんの少し持ちあげると、睫毛をそっと伏せていく。口づけをねだる仕草だ。

「朝香さん……」

唇を重ねると、朝香は積極的に応じる。すぐ唇を半開きにして、朋彰の舌を受け入れた。

「はンンっ……好き、好きよ」

朝香は喘ぎまじりにささやき、朋彰の舌を吸いあげる。膣ではペニスを締めつけており、上下の口でつながった状態だ。

「ああっ、朋彰くん」

さらには朋彰の下唇を愛おしげに咥えこむ。唇で挟んで軽く引っぱり、ねちっこく舐めまわす。そんなことをくり返されているうちに、朋彰の頭はジーンと痺れていく。

(最高だ……ああっ、最高ですよ)

口を吸われて夢心地になってしまう。

それでも腰は動いており、ペニスで女壺をえぐりつづける。カリで膣壁を擦れば、華蜜がどんどん溢れて収縮する。太幹が締めつけられることで、自然とピストンが加速していく。

「ううッ……うううッ」

「あッ……あッ……お、奥に当たるの」

朝香は唇を離して喘ぎはじめる。膣の奥を突かれるたび、股間をクイクイしゃくりはじめた。

「あぁッ、い、いいっ、あぁあッ」

「おおおッ、し、締まるっ」

艶めかしい喘ぎ声と低い呻き声が交錯する。ふたりとも最高潮に盛りあがり、いよいよ歓喜の瞬間が迫ってきた。

「あぁあッ、と、朋彰くんっ、すごいのっ」

「朝香さんっ、おおおおッ」

全身を使ってペニスを突きあげる。亀頭が子宮口をコツコツたたき、乳房が大きく弾む。膣道が収縮して、凄まじい快感が押し寄せた。

「おおおッ、も、もう出そうですっ」

「い、いいっ、出してっ、お願い、出してっ」

朋彰が訴えれば、朝香は今度こそ出してほしいと懇願する。ふたりは見つめ合って腰を振り、ついに悦楽の頂を駆けあがった。

「おおおッ、で、出るっ、出る出るっ、うおおおおおおおッ！」

ペニスを根元まで突きこみ、亀頭で子宮口を圧迫する。その状態で灼熱《しゃくねつ》のザーメンを勢いよく噴きあげた。

「ひあああッ、い、いいっ、イクッ、イクイクッ、イックうううッ！」

朝香も歓喜の声を響かせる。朋彰にしがみつき、片脚を抱えられた立位で昇りつめていく。はしたなく股間をしゃくり、女壺に深く埋めこまれたペニスを絞りあげた。

射精の勢いは収まることがない。二度、三度とまるで間歇泉《かんけつせん》のようにザーメンが噴きあがった。

頭のなかがまっ白になり、もうなにも考えられない。

ふたりはきつく抱き合うと、吸い寄せられるように唇を重ねる。夢中になって互いの舌を吸いあげれば、より一体感が深まった。

もう、絶対に放さない。どんなことがあっても、この愛しい人を幸せにすると心に誓った。

＊この作品は、イースト・プレス悦文庫のために書き下ろされました。

※この物語はフィクションです。同一名称の固有名詞等があった場合でも、実在する人物や団体とは一切関係ありません。

悦

イースト・プレス
悦文庫

夜明けを待つ未亡人

葉月《はづき》奏太《そうた》

2022年7月22日 第1刷発行

企　画 松村由貴（大航海）

発行人 永田和泉
発行所 株式会社 イースト・プレス
〒101-0051
東京都千代田区神田神保町2-4-7 久月神田ビル
電　話 03-5213-4700
FAX 03-5213-4701
https://www.eastpress.co.jp

印刷製本 中央精版印刷株式会社
ブックデザイン 後田泰輔（desmo）

ISBN978-4-7816-2098-5 C0193